VOYAGE
D'ALCIMÉDON

OU

NAUFRAGE

QUI CONDUIT AU PORT.

*Hiſtoire plus vraie que vraiſemblable ;
mais qui peut encourager à la recherche
des terres inconnues.*

Ah! neptune, tibi qualia dona darem!
Propert. Eleg. 13. lib. 2.

A AMSTERDAM.

M. DCC. LIX.

A

ADAME * * *,

Si le Héros de cette Histoire toute extraordinaire, avoit eu le bonheur de vous connaître, & celui de vous plaire, il auroit pû s'épargner l'incertitude, les fatigues & les dangers d'un long voyage, pour fuir les femmes dangereuses, ou pour chercher les femmes estimables. En vous trouvant, ses malheurs passés se fussent effacés dans le sein de la félicité la plus inaltérable. Heureux celui que vous garantirez des perfidies que l'on attribue à votre sexe, & de la nécessité de voyager aussi loin qu'Alcimédon, pour former des nœuds tendres & durables! la candeur de votre ame, la constance de vos sentimens, les agrémens de votre esprit, la solidité de votre raison, les charmes que la nature vous a prodigués, rendent croyable le portrait de cette Alcioné, que mon Héros adora comme une divinité; ou plutôt ils me font soupçonner que l'Auteur de cette fiction a voulu faire le vôtre, sous un nom supposé. Cette opinion, fondée sur les plus fortes probabilités, m'a déterminé à vous dédier cet Ouvrage.

Il vous appartient, puisque votre cœur & votre beauté ont pû l'inspirer; & que vous y trouverez d'ailleurs tous vos sentimens, que peu d'autres pourroient reclamer à aussi juste titre.

AVERTISSEMENT
DE L'HISTORIEN.

E S fentimens font partagés
fur le fondemeut des faits ex-
raordinaires que je raconte.

Selon des mémoires excellens ,
ais fecrets, qu'il m'eft défendu
'indiquer, je dois croire vraies
outes les chofes qui font avancées
ans cette Hiftoire.

Selon un manufcrit, qui ne mé-
te pas moins de confiance que
s mémoires, tout ce qui eft ar-
vé d'étrange à Alcimédon , n'eft
û qu'à une trop forte dofe de firop
diacode que fon médecin lui
prendre, pour calmer une agi-

a ij

tation qui le privoit depuis long-
tems du fommeil. Il dormit, dit
ce manufcrit, quarante-huit heu
res de fuite, pendant lefquelles i
fit le voyage que l'on va lire.

En fuppofant que l'efprit endor
mi puiffe parcourir autant de paï
par heure dans une nuit, qu'é
veillé il fait de chemin pendant u
jour entier, ce calcul rendra affe
probable le fonge d'Alcimédon
fans parler des chofes fingulier
que l'on prétend qu'il a vues,
qui reffemblent fort à des rêv
ries, ni de cette maxime auffi a
cienne que les femmes, *non ga
det veteri fanguine mollis amo*
maxime qui donne le démenti
goût que l'on fuppofe aux jeun

perfonnes de l'Ifle de Philos pour des vieillards.

C'eft au moment de tomber dans les bras d'Alcioné, que l'on affure qu'Alcimédon s'éveilla. J'ai trouvé ce dénouement trop cruel , & Alcimédon trop malheureux, pour adopter cette affertation. Dans le doute de la réalité , ou du fonge, j'ai préféré la réalité, & je me fuis conformé aux mémoires qui en font les garans.

Mes Lecteurs ont comme moi , la liberté du choix ; ils croiront, ou ne croiront point. Mais j'ai affez bonne oppinion de leurs cœurs, quoique cette hiftoire faffe fort peu de cas des nôtres, pour préfumer qu'ils défireront l'exif-

rence réelle & connue de l'Ifle ;
ou plutôt qu'ils voudroient que
tous les continens de l'univers pûf-
fent avoir les mêmes mœurs &
les mêmes vertus.

Cependant je fuis encore plus
affuré que fi cette petite Hiftoire a
l'honneur de mériter un regard
de quelque Critique, il trouvera
que la regle des vingt-quatre
heures y eft auffi déplacée que
fon infraction l'eft dans une
Piece Drammatique. Il obfervera
qu'il eft contre toute vraifem-
blance que dans un jour on arrive,
on faffe connoiffance, on plaife,
on aime, on époufe & l'on hérite.

Cette remarque pourroit être
fondée, fi l'action fe paffoit chez

nous ou chez nos voifins; mais l'équité veut que l'on juge des chofes fuivant les tems, & les ufages. C'eft par ce principe que les adorateurs d'Homere & des Anciens, juftifient ce que leurs écrits ont de choquant à nos oreilles.

Il faut donc réfléchir que fi parmi nous l'on ne croit point un homme fur fa parole, quand il dit qu'il eft vertueux, l'épreuve en eft inutile dans un païs où la bouche eft toujours l'organe du cœur, & où le taɔ̌ eft fi exquis, que la diffimulation ne peut en impofer un inftant aux yeux des peuples qui l'habitent.

VOYAGE

D'ALCIMÉDON

O U

NAUFRAGE

QUI CONDUIT AU PORT.

 LCIMÉDON, perſécuté de la fortune, trahi par l'amitié, déſeſpéré par l'amour, réſolut de fuir un ciel ſi funeſte pour lui, & s'abandonnant au gré des vents & de la deſtinée, de chercher un azyle où ſon nom & ſes malheurs reſtaſſent inconnus. Il ſe flata de trouver peut-être ce repos & cette heureuſe obſcurité chez des

peuples que nous nommons barbares;
parce qu'ils touchent encore à la nature.

L'occafion d'exécuter ce deffein, en
s'exilant d'une patrie ingrate, fe préfen-
toit. Elle lui étoit offerte par un vaiffeau
qui n'attendoit qu'un tems favorable pour
mettre à la voile. Celui qui le comman-
doit, ignoroit lui-même le lieu de fa
deftination. Il n'en devoit être inftruit
qu'à une certaine hauteur, en ouvrant,
quand il y feroit parvenu, des ordres juf-
ques-là fecrets & fcellés. C'étoit précifément ce qu'Alcimédon pouvoit défirer
de plus conforme à fa fituation & au plan
qu'il s'étoit formé. Réfolu de s'abandon-
ner au hazard, il ne vouloit plus fe reprocher un choix. Il connoiffoit trop l'o-
piniâtreté du fort qui le pourfuivoit,
pour n'en pas redouter les rigueurs ordi-
naires, & fi fouvent répétées.

J'irai déformais à l'aventure, difoit-il;
ce qu'on appelle communément hafard,

me conduira peut-être mieux que ce qu'on nomme prudence, raison, réflexion, combinaison. Si une constante & cruelle expérience m'a forcé de haïr les hommes, & de méprifer les femmes, par leur ingratitude & leurs perfidies, si mon efprit trop confiant m'a rendu la victime des uns, & la dupe des autres, je ferai à l'abri de ces écueils, dans une terre étrangere. Perfonne ne m'y devra rien; ainfi point de trahifon à redouter, point de piéges à fuir. Tous ces êtres inconnus me feront indifférens. Sans haine, fans goût & fans intérêt pour eux, je rirai de leurs vices, peut-être même de leurs vertus; & ce fera pour la premiere fois depuis long-tems que j'aurai pû rire.

Ce fut avec ces difpofitions, & ce petit levain de la philofophie de Démocrite, qu'Alcimédon s'embarqua. Pour imiter à la fois plus d'un Philofophe, comme Bias, il emporta tout fon bien avec lui. Mais il étoit plus chargé que ce Grec, quoiqu'il ne le fût que des foibles débris d'une affez grande fortune que fa généroſité, fa fenfibilité pour les malheureux, fa droiture dans les affaires, fon défintereffement, les hommes enfin, & les élemens avoient contribué à détruire. Il lui en reſtoit affez pour vivre felon le nouveau fyſtême qu'il s'étoit fait. Dans le fein de l'opulençe, il n'avoit jamais aimé le faſte ; dans celui de la Philofophie, il le dédaignoit. Borné au feul néceffaire, le fien étoit au-deffous des reffources qu'il avoit confervées, pour fe procurer les befoins de la vie. Son principal tréfor étoit fes livres & fes manufcrits ; il les chériffoit comme les feuls remédes aux maux qu'il avoit foufferts, & comme les confolateurs de fes dernieres années. Il avoit alors atteint fon huitiéme luſtre ; & de-

puis le quatriéme, il avoit travaillé à fe
ménager cet appui contre huit autres,
s'il devoit avoir le malheur de les vivre,
ayant fans ceffe devant les yeux l'éloge
que fait Ciceron de l'étude des belles
Lettres, pour s'en fervir comme d'un
bouclier impénétrable à l'adverfité & à
l'ennui.

Le vent favorable au départ du vaiffeau fouffloit, Alcimédon concentré
en lui-même étoit déja loin du port,
qu'il ignoroit encore qu'il en fût forti.
Mais enfin le corps réveilla l'efprit; l'a-
gitation que les vagues caufoient au vaiffeau fe communiquerent au paffager.
Expofé pour la premiere fois fur un élé-
ment qui féduit d'abord par fon calme,
& qui ne trahit que trop enfuite l'attente
qu'il avoit fait concevoir, Alcimédon
en éprouva quelques incommodités. Mais
bientôt accoutumé, comme les autres,
aux divers balancemens du vaiffeau,

il s'y trouva le plus heureux des mortels. Il n'y voyoit point de femmes, ainſi ſon cœur étoit en ſureté. Il n'y connoiſſoit pas un homme, ainſi perſonne ne pouvoit le tromper.

Tout ce qui ſe trouvoit embarqué ſur ce vaiſſeau, formoit un aſſemblage biſarre de gens de tout âge, & de tous caractéres, quoique du même métier, qui les intéreſſoit aſſez peu. Le jeu & la table étoient leurs délaſſemens, & les femmes le ſujet de leurs converſations. Al cimédon ne voyoit ni n'entendoit rien. Retiré dans l'eſpece de cellule qui lui avoit été donnée pour logement, il jouiſſoit, pour la premiere fois ſelon lui, d'une tranquillité qu'il avoit toujours cherchée, & jamais rencontrée. Il liſoit, il penſoit, il écrivoit. Un mois s'écoula dans cette douce & uniforme ſuite de jours. Il ſouhaitoit que ce cachot flottant, qui le déroboit au reſte du monde, pût n'aborder jamais à aucun rivage habité. Par tout il craignoit de rencontrer les mêmes hommes, les mêmes vices : & quoiqu'inftruit par l'expérience, il redoutoit fes foibleffes, qui dans d'autres fiécles euffent pû paffer pour des vertus. Tandis que l'Equipage entier faifoit des vœux pour une courte traverfée, & maudiffoit les obftacles qui pouvoient l'allonger, lui feul défiroit qu'elle pût ne point finir. Ce n'étoit qu'avec chagrin qu'il avoit vû fouffler un vent léger & favorable, qui ridoit feulement la furface de l'eau, fur laquelle le vaiffeau fembloit gliffer rapidement. Il ne penfoit pas que ce moment fi tranquille feroit bientôt fuivi de toutes les horreurs, dont les flots & les vents peuvent affaillir les navigateurs.

Le ciel devint noir, la foudre feule par fes feux ménaçans, éclaira les ondes, qui à leur tour répéterent les fillons enflammés que les éclairs traçoient dans les nues. La mer mugit, blanchit & s'enfla ; des montagnes d'eau s'éleverent & vinrent se déployer sur le vaisseau, dont elles enfoncerent un côté, après en avoir abbattu les mâts. Ses membres se disjoignirent ; & tandis que l'eau remplissoit sa calle, par la chute des vagues qu'il ne pouvoit plus fuir, elle y pénétroit également par les ouvertures que tant d'ébranlemens y avoient causés. Enfin le tonnerre, dont le bruit faisoit retentir les airs, & trembler l'océan, tomba sur les restes délabrés de ce malheureux vaisseau. Le bitume lui servit d'aliment. Le feu s'éleva avec impétuosité, & fit bientôt des progrés qu'aucun travail ne put arrêter. Il ne restoit que le choix du supplice. L'eau & le feu présentoient cette alternative affreuse à cinq cens victimes renfermées dans un même tombeau. Elles avoient la mort sur la tête,

devant

devant elles & fous les pieds. Tout efpoir étoit perdu ; les cris, les gémiffemens des plus foibles de ces infortunés
augmentoient encore l'horreur de ce tableau, quand tout à coup le vaiffeau
échoua fur un fable doux, dans une efpece de plage où la mer étoit tranquille.

Cet événement inefperé ranima le
courage abbatu de ceux que les couleurs
de la mort avoient déjà flétris. Chacun
penfa à fon falut, & perfonne ne s'oc-
cupa de celui des autres. Tous s'empref-
ferent de fortir au plus vîte d'une prifon
qui renfermoit plufieurs milliers de cette
poudre meurtriere, qui fait peut-être
plus de honte au cœur de l'homme, que
d'honneur à fon efprit. L'incendie devenoit général, & il n'y avoit plus qu'un
plancher entre le feu & le falpêtre.

Alcimédon qui avoit d'abord été affez
ferme, & qui contemploit dans ces images effrayantes le terme de fes malheurs,

penfa néanmoins comme les autres à s'y
fouftraire. Il oublia fes livres & fes manufcrits, & fauta machinalement dans
la mer. Elle étoit auffi paifible qu'un
étang. A peine eut-il nagé pendant quelques minutes, qu'il rencontra le fable
fous fes pieds, & cette rencontre lui
caufa le plaifir le plus vif de fa vie. Les
infortunés ont beau dire, le plus grand
des malheurs eft de mourir, fur-tout
auffi horriblement. Le philofophe Alcimédon qui avoit appellé cent fois la
mort à fon fecours, dans l'orage conti-
nuel de fes infortunes, l'auroit prié,
comme le bucheron de la fable, de l'ai-
der à en fupporter de nouvelles. Il avoit
lû toutes les hiftoires des Suicides; il
avoit loué leur tragique réfolution, mais
il n'avoit jamais eu le courage défefpéré
qu'il faut pour les imiter. Il fut donc
fort aife de fentir qu'il marchoit, &
qu'il marchoit à pied fec. Le ciel ceffant

d'être en feu, étoit devenu trop obſcur, pour qu'il pût diſcerner aucun objet. Mais dans ce moment il en ſçavoit aſſez. Il étoit à terre, quels qu'en fuſſent les habitans, ils ne pouvoient être plus dangereux, que le naufrage auquel il venoit d'échapper. Si c'étoit une terre déſerte, il lui reſtoit la reſſource de Robinſon, des Racines & de l'eau. Que de Philoſophes dans des païs abondans n'en avoient pas eu d'avantage!

Mais bientôt il vit qu'il ne ſeroit pas même réduit à cette dure extrêmité. La poudre du vaiſſeau s'enflamma, & telles que ces mines meurtrieres, que les aſſiégeans employent à leur défenſe, elle vomit le feu & la mort. Alcimédon fut moins effrayé du bruit de ſon exploſion, que raſſuré par les objets que ſa lumiere horrible lui fit entrevoir.

C'étoit une côte charmante, couverte d'arbre éternellement verds, qui annonçoient un printems perpétuel , & bordée d'habitations d'un goût qui lui firent bien augurer de leurs habitans. Cette réflexion fut aussi promte, que la dispersion des membres du vaisseau qui l'avoit apporté , & de ceux de quelques malheureux matelots qui vinrent tomber à ses pieds. Il n'en sentit que plus vivement le bonheur d'exister encore. Cependant il étoit très-humain. Mais on l'est pour soi , avant de l'être pour les autres, & l'on ne prive jamais la nature de ses droits.

Ces infortunés qui venoient de périr avec le vaisseau étoient des gens de l'équipage, les uns trop malades pour avoir pû en sortir , les autres trop foibles , pour soutenir l'image & l'approche d'une mort qu'ils croyoient certaine. Avant qu'une main bien faisante les eut poussé sur un rivage inconnu, ils s'étoient noyés dans les liqueurs les plus fortes & les plus spiritueuses , pour être insensibles au fort qui les attendoit. Comme ils ne voyoient plus le danger, ils ne virent point le port ; & du fein du fommeil de l'ivreffe, ils pafferent dans celui de la mort fans l'envifager, fans la connoître & fans la fentir.

Alcimédon, qui pour la premiere fois de fa vie fe voyoit heureux, au comble d'un malheur fi complet, fans s'arrêter inutilement à déplorer leur fort, effaya de marcher. Il s'apperçut qu'il fouloit un gazon tendre ; & au parfum qui s'en exhaloit, qu'il écrafoit des fleurs. Celles des citroniers & des orangers s'y mê-loient. Notre philofophe alloit à pas lents, autant pour refpirer l'air volup-tueux de ces lieux, que dans la crainte de rencontrer quelques précipices ; car tout étoit encore couvert de ténébres & de fumée. Il avançoit pourtant, & non loin du rivage, il fe trouva à l'entrée d'un bofquet, dont l'odeur lui annonçoit le jafmin, le mirthe & la rofe. Il héfita de s'y enfoncer, mais il falloit le traverfer ou reculer; il prit le premier parti.

A peine y avoit-il fait quelques pas, qu'il entendit des foupirs, & une voix touchante qui gémiffoit. Il s'arrêta, plus furpris qu'effrayé. » Ah malheureux, di» foit cette voix, je n'ai pas encore vingt-» cinq ans, je fuis riche, tout me prof-» pere!... C'eft en vain que j'implore » le deftin, il m'accable de fes faveurs. » Non, cruelle Alcioné, vous ne m'ai-» merez jamais, avec tous ces défavan-» tages!... Vous voulez combler le fort » de votre amant, & le mien l'eft par » les profpérités! Vous voulez le trouver » dans l'abîme de l'infortune... Hélas » j'y fuis plongé, tandis que vous me » croyez au comble du bonheur!... « Après ces plaintes très - nouvelles aux oreilles d'Alcimédon, la voix ne pouffa plus que des foupirs & des fanglots.

Voilà, dit le Philofophe, un genre
bien étrange de douleurs! quelle eft donc
cette Alcioné fi finguliere ? Dans quel
païs fuis-je tombé ? C'eft fans doute celui de ces efprits aëriens dont on fait tant
de contes ailleurs. Tout ici eft enchan-
tement, & bientôt peut-être cette terre
que je crois fentir fous mes pieds, s'é-
vanouira comme les fons de la voix
plaintive que je viens d'entendre? On eft
malheureux ici, quand on n'a pas encore vingt-cinq ans, quand on eft riche,
quand tout réuffit. Ma vie va finir par
un fonge incroyable, après avoir été traverfée par les calamités les plus inouies.

Il alloit continuer ces exclamations;
mais il les interrompit, pour écouter la
voix qui recommençoit ainfi à fe plaindre : » O étrangers, également trop heu-
» reux, foit que vous ayez été enfévelis
» dans un naufrage que je vous envie,
» foit que vous ayez pû y échapper!

„ Quel fort vous attend, fi vous méritez
„ de vivre fous ces climats? Sévere Al-
„ cioné, voici peut-être le jour de ta dé-
„ faite, ou plutôt de ton triomphe!..«
Le malheureux qui gémiffoit n'en put
dire davantage... & ces derniers mots
furent prononcés d'un ton à faire croire
qu'il expiroit, en les proférant. Alcimédon ne les comprit pas mieux que les
premiers. Il fut tenté d'aller confoler,
ou fecourir cet amant défefpéré ; mais
une courte réflexion l'arrêta. C'eft un
fou certainement, dit-il, qui s'eft échap-
pé des Petites-Maifons de ce païs. J'ai
aimé, j'ai fatigué les échos & les hommes de mes plaintes, mais tout infenfé
que j'étois, jamais il ne m'eft rien échap-
pé de fi extravagant. J'ai cru connoître
tous les caprices des femmes ; celui dont
on fe plaint ici n'eft pas dans la nature.
C'eft un fou, ou un phantome qui rend
des fons, & qu'il faut fuir. Il exécuta
ce

ce deſſein auſſi rapidement qu'il le con-
çut. La peur des faux pas ne rallentit
plus ſa marche. Les craintes ſont comme
les paſſions ; c'eſt toujours la plus forte
qui fait taire les autres, & qui domine.

Il étoit déjà hors du boſquet Odori-
férant, quand les ténébres ſe diſſipe:ent,
& que l'aurore parut pour annoncer le
retour du Soleil. Les roſes dont elle par-
ſemoit le chemin qu'elle traçoit à ſon
Char, avoient moins d'éclat que celles
qui environnoient Alcimédon. De quelle
parure il vit la nature ornée dans ces
lieux de délices! Il douta encore de leur
exiſtence, & de la ſienne même. Il n'o-
ſoit plus marcher, crainte de fouler une
terre ſacrée, le ſéjour ſeulement de
quelque Divinité. Quoique nourri de la
lecture des Ouvrages les plus ſolides, il
s'étoit quelquefois amuſé de ceux qu'il
ne croyoit que frivoles. Au premier
coup d'œil du ſpectacle ſurnaturel qui

C

éblouiſſoit ſes yeux, au développement des merveilles qu'il découvroit, il crut vrais tout les contes qu'il avoit cru ridicules. Il reſpecta nos brochures, & les regretta ſeules dans la perte générale de ſes livres. Cependant il s'accoutuma peu-à-peu, parce qu'enfin on s'accoutume à tout, à la variété charmante des objets qui embelliſſoient les pleines délicieuſes ſur leſquelles il promenoit avidement ſes regards enchantés. Il continua donc ſa marche, ou plutôt ſa promenade dans ces Jardins, qu'il prit pour l'Empire de Flore.

Ils environnoient une Ville dont chaque Maiſon ſembloit offrir un Palais, non tels que ceux que l'opulence ſeule fait élever, mais tels que le goût & le génie les deſſinent. Un peuple nombreux rempliſſoit les Avenues qui conduiſoient à cette Ville. Alcimédon approchoit; il remarqua des jeux, des danſes, & ſur-tout des têtes-à-têtes, où il croyoit voir l'amitié fincere dans ceux des hommes, & la tendreffe naïve dans ceux des deux fexes, qu'aucun importun, aucun indif-cret n'alloient interrompre. Tout étoit nouveau pour lui. Tout renverfoit fes idées; car ces têtes à-têtes d'Amans & de Maîtreffes lui paroiffoient auffi bizar-rement affortis, que les gémiffemens du bofquet lui avoient paru étranges. Les femmes avoient tout au plus l'air de dix-huit à vingt ans. La fleur du printems n'étoit qu'à demi éclofe fur leur teint. Parmi les hommes, au contraire, les plus jeunes touchoient à leur automne; & les autres portoient déja l'empreinte des traces de l'hyver. Néanmoins c'étoient précifément ceux qu'Alcimédon voyoit traiter avec le plus de tendreffe. Où fuis-je, s'écria-t'il encore? je n'ai que qua-rante ans, & j'avois commencé depuis dix dans mon pays à être un amant ridi-

cule aux yeux d'une femme de vingt :
& ce font ici les femmes de cet âge qui
préviennent les vieillards !

Il n'y a aucun de mes Lecteurs à qui
le même fpectacle n'eut caufé la même
furprife. Mais pourquoi la nature, qui
fe joue dans fes productions végétatives,
ne variroit-elle pas également dans celles
que nous appellons animées ? Ici une
plante n'a pas la même vertu qu'elle a
plus loin. Nous ne connoiffons la nature
que par les opérations dont elle nous
préfente les effets dans le cercle étroit
qui nous renferme. En eft-ce affez pour
conclure qu'elle fait fentir, penfer &
agir par tout les mêmes animaux de la
même maniere ? Ils fe reffemblent à
l'extérieur, mais l'ame, mais l'efprit fe
modifient par des différences qui nous
font cachées, & qui font néanmoins dé-
cifives dans les goûts, dans les paffions,
dans les fentimens. Si ce n'eft pas à cette

physique qu'il faut rapporter les caufes
de la différence effentielle des mœurs
des Peuples de l'Ifle dont je parle, de
celles des autres Peuples connus, il fau-
dra dire qu'ils font une efpéce nouvelle
d'Etres chéris & privilégiés, que le premier de tout a féparé du refte des autres,
pour qu'ils évitaffent la corruption générale. Je laiffe le choix de l'opinion;
car je haïs la difpute, & je me borne
aux faits.

Ceux qui me reftent à raconter font
auffi nouveaux qu'intéreffans, pour les
mortels qui chériffent encore la vertu
dans le cahos du vice. Je fuis fâché de
ne pouvoir leur tracer la route de cette
terre fortunée ; mais il eft défendu d'en
marquer la pofition fur aucune carte ; &
d'ailleurs on n'y peut arriver, qu'en ne la
cherchant point. Tel eft l'Arrêt du fort.
Heureux ceux qu'il favorife ! Par com-
bien de traverfes voulut-il épurer Alci-

médon, avant de le conduire dans ce lieu de repos & de volupté! Il y a peu de Voyageurs qui confentiffent à s'embarquer, pour fa recherche, en courant feulement les rifques de fon naufrage. Tout le monde veut être heureux; mais perfonne ne veut acheter le bonheur par des peines, encore moins par des dangers. Alcimédon ne penfoit plus qu'à fuir les hommes corrompus, & à vivre avec lui. Il n'auroit ofé former des vœux pour la deftinée qui lui étoit réfervée.

Déjà il étoit parvenu à l'entrée d'un long mail, lorfqu'il fut abordé par un vieillard plus propre à infpirer du refpect à un homme fage, & des plaifanteries à un étourdi, & que du goût à une jeune femme. Alcimédon ne fut donc point étonné de le voir feul & défœuvré, quoique d'autres vieillards lui paruffent fort occupés. Ils étoient précifément les objets de fa furprife : & il fut enchanté d'en trouver un plus raifonnable que les autres, puifqu'il fuyoit les femmes. Il efpéra qu'il alloit être inftruit des merveilles & des contradictions qu'il voyoit depuis fon arrivée dans une terre auffi extraordinaire par fes productionr, que par fes habitans.

O, qui que vous foyez, lui dit le vieillard d'un air doux & ferein, étranger heureux qu'une étoile favorable a pouffé fur ces bords, vous avez commencé à y refpirer le plaifir, vous allez vivre dans fon fein; c'eft lui qui eft le fceau du bonheur. Vous paroiffez prefque parvenu à l'âge d'en goûter un inaltérable parmi nous. Que ces promeffes font douces & nouvelles pour un cœur qui les chercha toujours, & qui ne trouva que des malheurs, répondit Alcimédon ! Trop généreux vieillard, ma félicité commence en effet, puifqu'elle me préfente aujourd'hui à vos yeux. Mais de grace inf-

truifez moi du nom des Peuples nouveaux que j'envifage, des lieux où je
fuis tranfporté. Je fatisferai votre jufte
curiofité, répondit Charés, c'eft ainfi que
fe nommoit le vieillard, & je ne contri-
buerai pas à diminuer votre étonnement.
Vous êtes dans l'Ifle de Philos, & cette
Ville fe nomme Philamire. Mais com-
mençons par ce qui vous intéreffe ; il
vous eft plus néceffaire que je fçache vos
avantures, que de fçavoir où vous êtes.

Quel âge avez-vous ? quarante ans,
répliqua Alcimédon. Quarante ans, reprit
le Vieillard ! c'eft encore peu. Dix de
plus vous applaniroient bien des difficultés. Mais peut-être auffi aurez-vous
des chofes à me dire qui pourront vous
obtenir une difpenfe d'âge. Hélas, interrompit Alcimédon, un peu plus con-
fondu que jamais, que pourrai-je vous
raconter ? Des malheurs, des perfidies,
des noirceurs, des ingratitudes ? Depuis

vingt ans j'en fuis la déplorable victime . . . des perfidies, des ingratitudes, reprit vivement le Vieillard : Ah, mon Fils, vous êtes trop heureux ! quelle félicité j'entrevois pour vous ! quel prix de vos peines ! & qu'elles vous paroîtront cheres ! vous les bénirez mille fois le jour ! Mais, dit Alcimédon, en se troublant, & doutant s'il rêvoit, ou si son Mentor extravaguoit, ne fuis je plus au nombre des vivans ? aurois-je été compris dans le naufrage de mes Compagnons d'infortune ? & ferois-je arrivé dans ces lieux d'un repos éternel, où l'on récompense la vertu ? Oh, mon Pere, ne feriez vous point Minos, ce Juge incorruptible des actions des hommes ? Ma vie m'a toujours raffuré fur ma mort. Je ne dois pas redouter votre urne. Si je fus toujours malheureux, je m'efforçai toujours auffi d'être vertueux On me perfécuta, on me trahit fans ceffe,

& je ne m'en vengeai jamais.

Le Vieillard fourit de ce délire plai-
fant, & le laiffa exhaler, pour que la
tête de l'Etranger fe remit enfuite avec
plus de facilité. Non, lui dit-il enfin,
non vous n'êtes point defcendu au féjour
des morts. C'eft plutôt ici celui de la
vie; on ne l'y perd que dans le fein qui
la donne, & ce n'eft qu'au terme de la
plus grande plénitude des années. J'ai
bientôt vingt luftres, ma carriere avance,
& j'en attends la fin avec empreffement
pour me rejoindre à ma chere Aglatide.

A ce nom, le Vieillard foupira, pleu-
ra, & fe tut un moment. Peu s'en fallut
qu'Alcimédon n'interrompit ce filence
par un éclat de rire outrageant & infenfé.
Damis & Mondor n'y euffent pas man-
qué ; l'Epigramme impromptue feroit
partie enfuite plus vîte que l'éclair. Mais
Alcimédon n'avoit jamais reffemblé à
ces Meffieurs ; leur éducation avoit eu

les mêmes différences que leurs principes. D'ailleurs il avoit déjà refpiré un
air de douceur, d'attendriffement, d'intérêt, de décence & d'égards, qui, en
pénétrant fon ame, y avoit développé
& fécondé entierement le germe de ces
bonnes qualités que la nature y avoit
placé.

Chez les Mortels où vous êtes né,
reprit le Vieillard, après une courte
paufe, on demanderoit excufe de la
fenfibilité que je vous ai fait voir, comme d'une foibleffe ; mais ici on s'en glo-
rifie comme d'une vertu qui honore le
cœur. Je ne m'en juftifierai donc point
devant vous, car il faut que vous adoptiez
nos mœurs pour être heureux. Vous avez
déjà acquis ce qui eft principalement néceffaire pour le devenir, puifque vous
avez été malheureux longtems, fans
avoir mérité de l'être. Vous m'avez vû
pleurer une Femme digne des homma-

ges de la terre ; ma vie ne sçauroit être assez longue pour déplorer ma perte, quand même je n'aurois encore que votre âge. Mais ne vous y trompez pas ; je suis mille fois plus heureux par le souvenir de mon bonheur passé, & par ma douleur même, qu'on ne l'est chez vous dans les bras de la volupté.

Vous n'êtes pas le premier homme de votre monde qui soyez venu dans cette Isle. J'en ai vû beaucoup, mais fort peu de raisonnables, & qui fussent dignes de la société dont ils pouvoient jouir parmi nous, & dont ils n'ont pas joui en effet, par la sécheresse de leur ame. Tous m'ont fait exactement les mêmes détails de vos plaisirs. Vos Annales Galantes dégoutent, & je plains sincerement les hommes destinés à vivre dans ces climats empoisonnés, avec des cœurs sensibles & droits. Mais, sans m'attendrir plus longtems fur leur fort, je ne dois m'occuper à préfent que du vôtre. J'ai cru entrevoir dans le peu de mots que vous m'avez dit de vos infortunes, que l'amour a caufé les plus grandes de votre vie, que vous avez aimé fouvent, & que l'on vous a trahi auffi fouvent? Hélas, fage Vieillard, toutes les fois que je me fuis attaché, c'étoit toujours avec une vérité, une candeur, un amour qui méritoient de produire les mêmes fentimens dans l'ame des femmes les plus légeres. Mais on fixeroit plutôt l'axe du monde. Ce font les Amans de mon caractere que l'on trompe le plus impunément, parce qu'il n'y a ni éclat, ni vengeance à redouter. Le fat ne fent rien, mais fon amour propre fait du bruit; l'honnête homme fouffre & fe tait. L'un affiche des Lettres, montre des Portraits, fait de mauvaifes Chanfons; l'autre rend, ou enfevelit les preuves des complaifan-

ces & de l'infidélité de fa Maîtreffe. Cependant le croiriez-vous? c'eft ordinairement ce premier que l'on quitte moins
hardiment. On ne l'aime plus, qu'on le
craint encore.

Bientôt un autre fat lui fuccéde ; il eft
plus jeune, il fçait plus de quolibets, il
a plus de phrafes précieufes & entortil-
lées, un équipage plus left, des habits
d'un goût plus fingulier. Voilà des ridicules plus que fuffifans pour tourner une
tête, & chaffer un rival. Mais ce dernier
venu a beau faire, il ne tiendra pas plus
que le premier. Il n'eft queftion que de
perfiflage & d'extravagances. Il eft toujours facile d'être furpaffé par de tels
avantages. On invente fans ceffe du
nouveau dans ce genre, & chaque jour
voit éclore un ridicule de modes, de
ton, de démarche, de voitures, d'habits
imaginé dans la nuit, comme chaque
nuit voit prefque ordinairement trahir

les fermens du jour, aufquels on ne rougit pas d'appeller l'amour à témoin, en profanant fon nom. Ainfi ce commerce de liaifons & de ruptures forme bientôt une chaîne dont les deux bouts fe rejoignent : & alors il faut revenir de part & d'autre fur fes pas, & reprendre comme neuf un fentiment que l'on avoit perdu comme ufé.

Cependant fi vous lifiez les Lettres de ces Coquettes, de quelles expreffions fortes, naïves & touchantes votre efprit feroit-il frappé & votre cœur attendri! C'eft le langage de l'amour le plus délicat, le plus durable, du fentiment le plus pur & le moins partagé. Quels piéges pour un cœur fenfible & vrai! On ne fe croit que trop facilement aimé, quand on fait fon bonheur de l'être.

Vous allez le trouver ce bonheur, où je fuis fort trompé, interrompit Charés, fi vous faites dépendre le vôtre d'un re-

tour fincere & vif. Malgré la peinture
affligeante pour le cœur humain de l'a-
mour que l'on connoît chez vous, j'ai
voulu vous écouter jufqu'à la fin, parce
que vous m'avez prouvé de plus en plus
que vous méritez d'être aimé, puifque
vous méprifez le plaifir que le fentiment
n'accompagne pas. Vous êtiez digne de
naître parmi nous ; & j'ofe croire pour
ma propre fatisfaction, que puifqu'il y
a des hommes dans votre monde faits
pour fentir les plaifirs purs dont l'ame
feule nous enyvre ici, on y trouveroit
également des femmes qui ne font fenfibles qu'à ces mêmes plaifirs, & qui ont
en horreur ceux que les fens confeillent,
& dont l'inconftance, ou plutôt le vuide
qu'ils laiffent enfuite dans le cœur, en
fait bientôt rebuter les objets, pour en
prendre de nouveaux, renvoyés à leur
tour.

N'en doutez pas, répondit Alcimédon,
il

il en eſt parmi nous de ces femmes
tendres, & dévouées irrévocablement à
leurs Amans. Mais le nombre en eſt
petit : & comme leur conduite eſt une
cenſure publique & continuelle de celle
des autres, celles-ci cherchent à s'en
venger par des ridicules & des calom-
nies. Car il faut que je vous l'avoue.
L'opinion & l'uſage influent chez nous
juſque ſur le ſentiment. La dépravation
eſt venue au point de faire rougir de la
conſtance dans le choix, & de l'honnêté
dans les procédés. Je connois cependant
Mélanie, Thémire, Mélite . . . .

Ah, que vous me cauſez de joie,
s'écria le Vieillard, en interrompant
Alcimédon! Je vois au début que votre
liſte eſt plus longue que je n'oſois l'eſ-
pérer. Peut-être qu'enfin les exemples
de ces femmes vertueuſement ſenſibles,
corrigeront & inſtruiront celles qui ne
le ſont que pour le plaiſir, & jamais

D

pour l'objet. Mais louez votre fort ; vous n'en verrez point ici que la feule volupté décide. Toutes celles que je vous ferai connoître feront des Mélanies, des Thémires, des Mélites. . . . . Obfervez comment ces noms font reftés facilement dans ma mémoire ; mais placez d'avance celui d'Alcioné dans votre cœur.

Alcioné . . . s'écria Alcimédon ! Oui, mon Fils, reprit Charés, la plus belle & la plus digne des Femmes. Elle n'a encore rien aimé, quoiqu'elle ait été l'objet des adorations de tout le monde. Mais c'eft un détail qui exige un autre lieu que celui où le hafard nous a fait rencontrer. Vous devez avoir befoin de repos & de nourriture. Venez prendre l'un & l'autre chez moi, & vous y inftruire de la route qui peut vous mener à une félicité qui femble n'attendre que vous.

Un fentiment intérieur & inconnu,

plus que la curiofité, avoit fait oublier
à Alcimédon fes fatigues & fes befoins.
Son empreffement étoit peint dans fes
yeux, & par le fang qui coloroit fes
joues. Il auroit voulu moins d'attentions
dans le Vieillard, & plus de vivacité à
lui réveler des chofes qui commençoient
à lui devenir fi intéreffantes. Les hommes de cet âge aiment ordinairement à
parler, & Alcimédon trouvoit celui ci
trop réfervé. Cependant il n'ofa lui faire
connoître fon impatience, & il le fuivit
dans fa maifon.

C'étoit celle d'un fage, bâtie & meu-
blée par un voluptueux. Tout y refpiroit
le goût; tout y étoit diftribué de la maniere la plus commode. Les ornemens
étoient légers & élégans; ils fe répétoient
dans une infinité de glaces : & mille
tableaux confacrés à immortalifer l'a-
mour, les plaifirs & la vertu, y formoient
une variété auffi fçavante pour les yeux

D ij

des connoiſſeurs, qu'intéreſſante pour les cœurs ſenſibles. Ce coup d'œil enchanta ſur-tout Alcimédon, qui avoit aimé & étudié la peinture. Il ne ſe raſſaſioit point de ce qu'elle lui offroit de beau & de grand chez Charés. Mais chaque tableau lui paroiſſoit une énigme auſſi obſcure, que tout ce qu'il avoit vû & entendu dans cette Iſle étonnante. Il comprenoit cependant que ces actions muettes, qu'il admiroit ſur la toile, étoient les emblêmes, ou mêmes les hiſtoires des actions réelles des hommes parmi leſquels il étoit tranſporté. Avec un peu d'examen & plus de tems que ſa ſituation ne lui permettoit d'en donner à cette étude, il ſeroit parvenu à connoître leurs mœurs par ces images, & à développer même la ſuite des évenemens qu'elles lui préſentoient. Mais ſon attention étoit encore trop partagée, & d'ailleurs le Vieillard qui le rejoignit vint entierement l'en diſtraire, pour le conduire dans un ſallon agréable, où il trouva un dîné ſimple, mais délicat.

Charés qui vouloit jouir de la ſurpriſe & de l'impatience de ſon Hôte, ſous prétexte de l'amuſer, & d'effacer de ſon eſprit les traces affligeantes que ſon dernier malheur y avoit dû laiſſer, lui fit entendre une muſique, dont les voix & les inſtrumens lui parurent auſſi nouveaux que tout ce qu'il avoit déjà remarqué de plus extraordinaire. Il ſentit bientôt que le plaiſir s'emparoit de ſon ame, & qu'une eſpéce de quiétude voluptueuſe ſe répandoit dans ſes ſens. Les déſirs naiſſoient, mais ſans tumulte; il étoit remué par une émotion délicieuſe qui enyvre doucement le cœur, l'eſprit & le corps, ſans y porter le feu de ces agitations violentes, qui mêlent des peines réelles à des plaiſirs ſouvent imaginaires, toujours exagérés par l'attente,

& jamais tranquilles dans la jouiſſance
même. Alcimédon crut qu'il ſe formoit
en lui une nouvelle création. Tout ce
qu'il avoit lû du pouvoir de la muſique
des anciens ſur les ſens étoit alors juſti-
fié par la volupté dont les ſiens étoient
ſaiſis. Les plaintes de la harpe l'atten-
driſſoient ; l'harmonie des clairinettes
.l'animoit; l'éclat des hautbois de forêts
l'égayoit, les ſons radoucis des cors le
calmoient ; la douceur de la guitarre,
qu'il avoit toujours mépriſée, l'étonnoit;
enfin des voix céleſtes le pénétroient &
l'enflammoient.

Si les Dieux, diſoit-il, ont des concerts, ils ne ſont pas différens, ou ils
ſont fort inférieurs à celui-ci. Il aimoit
la muſique, & tant que celle de Charés
dura, il ne fut occupé que des ſenſations
qu'elle lui cauſoit. Il oublia juſqu'au
beſoin de manger. En le régalant ainſi
à chaque repas, le Vieillard l'eut fait

mourir de faim. Il s'en apperçut, & la
muſique ceſſa.

Je ne ſçais où je ſuis, ni ce qui ſe
paſſe en moi, depuis une heure ſur-tout,
lui dit Alcimédon, d'une voix embar-
raſſée par l'excès du ſentiment. Que
venez-vous de me faire entendre? Ah!
ſans doute la douceur de vos concerts
eſt une peinture auſſi fidéle de vos mœurs,
que celle que j'en ai déjà cru entrevoir
dans vos tableaux! C'eſt le cœur qui ſert
ici de génie. C'eſt lui qui y donne la
vie aux arts. Ils ont trop d'aſcendant ſur
moi, pour que j'en puiſſe douter. Que
l'on eſt heureux chez vous! Il n'eſt pas
néceſſaire de raiſonner pour le devenir,
il ne faut que ſentir. L'eſprit ſeul échauffé
de la plus féconde imagination, n'auroit
pu atteindre à ce dégré inconnu ailleurs
de délicateſſe & de perfection qui me
frappe. Que de vertu il faut avoir pour
avoir autant de talens! On a réduit ici

en pratique les fpéculations ftériles des autres peuples fur le bonheur.

Charés l'écoutoit fans l'interrompre, & jouifoit du plaifir que lui donnoit le développement de fon ame. Vos réflexions, lui dit il enfuite, fon juftes ; mais vous êtes déjà prefqu'au même point que nous. Vous avez peut être cru penfer dans tout ce que je viens d'entendre ? cependant vous n'avez fait que fentir. Avant de vous apprendre des chofes que je ne peux autant animer, par mes expreffions, qu'elles l'ont été dans ma galerie & dans mon fallon, par la peinture & par la mufique, j'ai voulu qu'elles vous y préparaffent, & que vous leur duffiez les premieres leçons du bonheur. C'eft au cœur qu'elles parlent, & c'eft par le cœur que l'on devient heureux. Mais ce feroit envain qu'elles voudroient le remplir, vous y trouveriez bientôt un vuide qui vous chagrineroit. Ce pouvoir

n'appartient

n'appartient qu'aux désirs, qui le rappellent tendrement aux plaisirs. C'est-là l'ouvrage d'Alcioné. C'est à elle à vous élever au comble de la félicité.

Ce nom déjà si cher à mon cœur, répondit Alcimédon, vous me l'avez prononcé tantôt, vous le répétez à présent; le bois de mirthes, que j'ai traversé pour venir jusqu'ici, en retentissoit; il me paroît dans la bouche de tous les Etres. Est-ce celui de la Déesse, ou de la Reine de cette contrée? C'est le nom d'une mortelle, répliqua Charés, mais qui efface Vénus en beauté, & qui égale Minerve en sagesse. Elle n'a d'autre empire en ces lieux, que celui que donnent sur les cœurs ces avantages réunis. Nous ne connoissons point d'autres Souverains: c'est l'amour, c'est l'humanité, c'est la bienséance, c'est la candeur, c'est l'amitié & la vérité qui regnent sur nous. Le mortel qui brille le plus par ces vertus,

E

eſt celui qui acquiert le plus d'autorité, parce qu'il acquiert le plus de vénération. C'eſt le citoyen le plus utile, qui eſt le premier citoyen; & nous avons le bonheur d'être toujours dans l'embarras de ce choix. Mais il eſt tems, pourſuivit-il, d'entrer en matiere, & de ne vous plus faire languir. Deſcendons dans mes Jardins : vous les trouverez dignes de la Maiſon qui vous a plû, & perſonne ne viendra nous y interrompre.

En diſant ces mots, ils arriverent ſur une terraſſe, d'où Alcimédon découvrit des eaux, des boſquets, des gazons, des fleurs; mais tellement jettés, en apparence, au haſard, que leur enſemble cachoit la main de l'art ſous celle de la belle nature. Ce n'étoient point ces diſtributions ſimétriques, ces compartimens uniformes, ces allées fatiguantes au ſeul coup d'œil. Les ſtatues mêmes & les bronzes, qui enrichiſſoient ce payſage

varié, y fembloient amenés fans deffein, & y produire l'effet que font les
hommes répandus çà & là dans les cam-
pagnes, fans ordre, & fans régularité.
Enfin rien ne fe reffembloit, & tout étoit
d'accord, parce que tout étoit au ton de
la nature.

Charés en faifant remarquer, & Alcimédon en admirant ces beautés de
détail, qui n'accabloient point les yeux,
comme dans nos Jardins, où tout fe
montre aux premiers regards, arriverent
dans une grotte que l'œillet & le jafmin
parfumoient, que l'eau d'une fontaine
rafraîchiffoit, qu'ornoient en dedans les
coquilles les plus brillantes, & que des
lits épais de gazons environnoient. Ils
s'y affirent l'un & l'autre. Peu s'en fallut
que les coquilles ne fiffent oublier à
Alcimédon le fujet intéreffant de fon
tête à tête. Il en avoit formé autrefois
à grands frais une collection qu'il croyoit

précieufe ; & il en voyoit plus de pro-
diguées dans une feule grotte , qu'il n'en
avoit jamais raffemblé dans les riroirs de
fon Cabinet. Il ne put comparer la vivacité de leur coloris qu'à celui de l'arc-
en-ciel. Ses couleurs primitives y formoient par leur mêlange mille teintes
agréables, qui préfentoient un tableau
varié, où toutes les nuances poffibles fe
confondoient & s'accordoient. Mais Alcimédon ne pouvoit comprendre qu'a-
vec du goût, on s'acrifiât ainfi des tréfors
dignes d'être foigneufement renfermés.
Il condamnoit intérieurement cette pro-
fufion , quand Charés lui parla en ces
termes.

Vous voyez un pays dont les mœurs,
les ufages, les loix, les goûts vont vous
paroître auffi nouveaux, que l'air que
vous y refpirez depuis hier. Mais fans
m'apéfantir féchement en détail fur cha-
cune de ces chofes, je veux vous en

inſtruire, en vous intéreſſant. Je vais donc me ſervir, pour nous faire connoître, de la regle générale que la morale devroit employer, pour enſeigner aux hommes la vertu & leurs devoirs ; peu de maximes & beaucoup d'exemples.

Ce que l'on nomme par-tout la plus belle moitié de l'univers, ce qui fait le charme des yeux, les délices des ſens, les douceurs de la ſociété ; mais en même-tems ce qui cauſe tant de troubles, de jalouſies, d'intrigues, de haines, les femmes enfin qui ont chez vous tant d'empire ſur l'eſprit, & que, par une conſéquence étrange, on y priſe ſi peu en général, ſont ici l'ame de nos vertus, & la ſource toujours pure, toujours féconde de notre bonheur. Il me ſuffira de vous les peindre, pour que le tableau de tout le reſte ſe préſente à vos yeux. Le monde entier eſt gouverné par elles ;

les Peuples qui femblent en faire le moins de cas, en font les efclaves. On rougit parmi vous de cette fervitude qui fera éternelle, parce que qui regne fur les fens, gouverne l'efprit. Chez nous elles le gouverne également; mais nous en faifons gloire. C'eft par le cœur qu'elles épurent, que leur empire s'établit fur l'efprit.

Nos femmes font en général ce que les vôtres font dans l'exception; ou l'exception pour les nôtres eft auffi refferrée, que la regle commune eft étendue pour les vôtres. Ce ne font jamais les fens qui les conduifent, mais toujours le fentiment. Elles fe confiderent comme des fleurs précieufes, qui ne doivent tomber qu'en des mains qui en connoiffent la valeur; & elles fe regarderoient comme flétries, fi elles en rencontroient d'indignes de les apprécier, & de s'y attacher uniquement. Autant elles fe

croyent d'un prix ineftimable ; tant
qu'elles font des fleurs intactes, ou des
fleurs chéries par ceux qui en font devenus les poffeffeurs , autant elles fe
croyent avilies , & peu dignes enfuite
de l'hommage & du cœur d'un honnête
homme , quand elles ont été le jouet &
la victime de l'inconftance, ou de la
fauffeté. Elles font donc auffi difficiles
& auffi lentes dans leurs choix , que les
vôtres font inconfidérées & précipitées
dans les leurs.

La jeuneffe, les graces, qui par-tout
féduifent leur fexe, les effrayent ici.
Une femme qui veut s'affurer de fa conquête auffi certainement qu'elle affûre
la fienne à fon amant, n'en prend aucun
dans cet âge équivoque pour le goût &
les fentimens , où les fens dominent
prefque toujours le cœur, & le fubor-
donnent à leur penchant pour la variété
des plaifirs. Elles attendent la maturité

de l'efprit, & les preuves de la folidité
de l'ame; ce qui regarde les avantages
du corps les intéreffe peu; elles préten-
dent gagner plus d'un côté, qu'elles ne
perdent de l'autre. Leurs réputations font
refpectées, leur fanté à l'abri des poifons
qui flétriffent chez vous dès l'aurore des
ans, & les agrémens de la fociété les
dédommagent de la diminution des em-
portemens qui font dûs ordinairement
à la fougue de l'âge, & rarement à la
force de la paffion. Les objets de leur
tendreffe deviennent leurs idoles. Elles les
ménagent avec autant d'avarice, que les
autres femmes les prodiguent à leurs
plaifirs. On pourroit dire que leurs fens
font confondus dans leurs ames, par la
vivacité de leur amour, & leur peu d'ardeur pour les plaifirs, que l'on regarde
ailleurs comme les plus fortes preuves
de la tendreffe, & qui ne font fentir en
effet que l'accablement, quand leur

pointe eſt émouſſée. Ce n'eſt pas qu'elles
n'en connoiſſent & n'en partagent les
délices avec plus de ſenſibilité que les
femmes qui les recherchent davantage.
Quand leur choix eſt fait, elles ont un
empreſſement délicat de le conſacrer par
ce nœud indiſſoluble. Elles ſçavent qu'a-
près ce ſacrifice, qui livre à jamais leur
être entier à ce qu'elles aiment, le ſeul
moyen de le rendre précieux, eſt de le
rendre eſtimable.

C'eſt ce que leur conduite, leurs dé-
licateſſes, leurs attentions continuelles
leur aſſurent. L'homme le plus volage,
ou le plus inconſtant, ne pourroit jamais
rompre une union ſoutenue par tous les
moyens qu'elles employent pour la fortifier. Les remords l'arrêteroient ; &
d'ailleurs ils ne trouveroient pas une
femme qui voulût s'expoſer au malheur
de celle qu'il abandonneroit, ni aux reproches d'y avoir contribué. Ce ſeroit

pour elle une flétriſſure honteuſe. Jugez
ſi cet art criminel & aviliſſant, que vous
nommez coquetterie, eſt en horreur ici?
Les hommes la mépriſent autant, qu'ils
reſpectent une paſſion ſincere.

L'Intérêt ne domine point davantage
les femmes de cette iſle; rarement les
favoris de Plutus ſont les leurs. Il faut
qu'ils rachetent ce tort par mille vertus,
pour que les femmes, qui ſe reſpectent,
oſent ſe livrer à leur penchant pour eux.
Elles craignent, preſque à l'égal de l'in-
conſtance, le ſoupçon d'un attachement
mercheaire & intéreſſé.

Ce n'eſt qu'à cinquante ans paſſés que
Mitrane, dont l'opulence lui eſt peut-
être même inconnue, tant elle eſt im-
menſe, a pû toucher le cœur de la belle
& ſage Niſa. Elle l'aimoit depuis long-
tems, & ſans l'obſtacle de ſes richeſſes,
ſon bonheur eut été avancé de plus de
dix ans. Elle n'a conſentie enfin à y

mettre le fçeau depuis quelques mois', qu'après les preuves les plus éclatantes de la générofité, & de la fenfibilité de Mitrane pour les malheureux. Les fecours prodigieux qu'il leur a procurés font la mefure de fon amour. Sa main & fa bourfe ont été les apuis de l'infortune : & le cœur de Nifa le prix ineftimable de tant de bienfaits.

C'eft prefque toujours aux femmes fortes & vertueufes que les hommes doivent leurs plus belles actions. Le défir de leur plaire, l'ardeur d'en être eftimés, les élévent au-deffus d'eux-mêmes. Si une Maîtreffe méprifable eft l'écueil de la réputation & de la fortune de fon amant, une Maîtreffe eftimable en eft le mobile principal. Je vais bientôt vous en donner des preuves touchantes, qui exiftent fous nos yeux, après vous avoir étonné encore davantage par ce qui me refte à vous dire, pour achever le portrait de nos femmes.

Le germe de la vertu & de la fidélité
eft tellement identifié avec leur ame,
qu'il faut chez nous des reglemens de
police plus féveres pour obliger celles
qui naiffent dans l'obfcurité à fe dévouer
aux plaifirs des fens des jeunes gens, que
leur âge prive encore de ceux du fentiment, que vous n'en avez chez vous,
pour empêcher la licence & le débor-
dement des filles qui fe proftituent par
tempéramment, ou par intérêt, & fouvent par ces deux motifs enfemble. Il a
fallu que ce facrifice de la part des nôtres fut noté d'autant de gloire, qu'il
l'eft ailleurs d'infamie. On les regarde
comme des citoyennes utiles, qui s'im-
molent au bien & au repos de l'état qui
les entretient; car elles prendroient pour
un outrage l'offre du prix des plaifirs
qu'elles font obligées de donner; & aucun de ceux qu'elles reçoivent dans leurs
bras ne les méprife affez, pour les payer.

Vous me dites des chofes bien furna-
turelles & bien inouies, s'écria Alcimédon, en interrompant Charés. Si la vérité n'avoit pas imprimé fes caracteres
facrés fur vos lévres ; fi un autre que vous
me parloit de mœurs auffi incroyables,
je l'avouerai, ma raifon, mes notions
qu'il voudroit renverfer, fe révolteroient,
& je ne croirois rien. Mais vous me
perfuadez, & vous me tranfportez hors
de mon premier être. Eh bien, Seigneur,
cette Alcioné que mon cœur adore déjà . . . . Bientôt, mon Fils, je vous
parlerai d'elle, reprit Charés à fon tour;
il étoit effentiel que vous connuffiez nos
femmes en général, pour apprendre à
révérer Alcioné en particulier, comme
elle doit s'attendre à l'être. Encore un
coup de crayon que vous avez arrêté en
m'interrompant.

Les filles de Théâtre, infcrites ailleurs par ce nom feul, dans la claffe des

filles publiques, pour lesquelles tant d'insensés, tant de dupes, prodiguent leur fortune, & exposent leur santé, qui mettent sans cesse à l'enchere ce qui a été veudu mille fois; ces filles sont ici ce que les vestales étoient à Rome; encore y montrerent-elles quelquefois des marques de fragilité que nos Comédiennes n'ont jamais données. Nos Théâtres sont des écoles de vertu, de bienséance & de modestie. Nos Actrices prennent les sentimens des rôles qu'elles jouent; ou plutôt elles trouvent dans ces rôles leurs propres sentimens; leur cœur s'éléve au niveau des héroïnes dont elles empruntent les noms. Elles se croiroient indignes de le porter deux heures, & peu propres à faire illusion aux Spectateurs, s'ils voyoient une femme perdue sous les habits d'Andromaque ou de Mérope; d'ailleurs devant au Public la conservation de leur beauté, & le ménage-

ment de leur fanté, ells trouvent ce dou-
ble avantage dans leur fageffe & leur
réferve. Jugez par ce dernier trait, ajouta Charés, à quelles femmes vous avez
affaire? à préfent, continua-t-il, venons
à Alcioné.

Quoique fon origine foit illuftre,
quoiqu'elle remonte jufqu'à celle de la
population de cette Ifle, Alcioné tient
trop de la nature & d'elle-même, pour
qu'elle aye befoin de rien emprun-
ter de fes ayeux. La vertu & la beauté
furent toujours l'apanage de fa race. La
mémoire de fon pere eft précieufe parmi
nous. En s'endormant pour la derniere
fois dans la plénitude des années & de
la félicité, il laiffa trois filles, l'orne-
ment de leur païs, & celui du monde
entier, fi elles en étoient connues. Le
portrait des graces ne femble qu'un foible copie de ces trois fœurs. Les deux
aînées, Sophronie & Pulcherie, com-

e

blent depuis quelques années le bonheur
de deux mortels, dont la vertu & la réputation avoient comblé la gloire, quand
ils ont mérité qu'elles en devinssent le
prix. Nous leur devons les bienfaits im-
mortels que nous tenons de ces deux
grands hommes.

Sophronie, Pulcherie & Alcioné
étoient aussi difficiles dans leurs choix,
qu'elles surpassent les autres femmes ici
même en beauté & en noblesse de sentimens. Il falloit, pour ainsi dire, faire
des actions surnaturelles pour arriver à
leur cœur. Tous les hommes le tente-
rent, & deux seulement y réussirent.
Ce fut Ariston qui toucha celui de Sophronie, & Zénoclés qui s'empara de
celui de Pulcherie. Mais ils y parvinrent
par des voies différentes, parce qu'il y
a plusieurs chemins qui conduisent à
l'immortalité, & à l'heureux don de
plaire.

Ariston,

Arifton, génie univerfel, confacra fes jours à l'étude, & nous montra dans le même homme, un Philofophe judicieux & éclairé, un Hiftorien concis & impartial, un Poëte fublime & plein de feu, un homme de Lettres fans jaloufie, un Savant fans rudeffe, un Critique exact, fans aigreur, un Ecrivain toujours fur de plaire, fans le fecours de la plaifanterie offenfante, & d'inftruire fans la féchereffe des moralités. Tout refpire, tout eft en action fous fes mains. Ses ouvrages inimitables font prefque devenus notre feule Bibliotheque. On les lit, & on les relit fans ceffe ; ils font toujours nouveaux, parce que le vrai, le raifonnable, le jufte, en font les caracteres inaltérables. La plus laconique de fes réflexions eft une fentence fans appel de la jufteffe & de la raifon. Elles font inféparables de fon efprit : l'utile n'eft jamais immolé à l'agréable. C'eft à l'ima-

F

gination à fuivre la vérité : & non à la vérité à s'évanouir devant l'imagination. Il en faut une bien féconde & bien réglée pour fournir fans ceffe des chofes nouvelles à cette condition, & conferver à l'efprit fon caractere créateur ! c'eft cependant ce qu'Arifton a toujours fu concilier.

J'admire tous les jours en lui cet accord inaltérable, cette harmonie foutenue du feu de l'imagination & de la jufteffe du raifonnement. Mais ce que j'admire, ce que j'aime encore plus dans fes écrits, c'eft cet efprit philofophique, cet amour de l'humanité qu'ils refpirent, & qu'ils infpirent. Arifton étoit né pour changer la face de la terre ; pour faire une révolution dans les mœurs, comme dans les Arts, les Sciences & les Lettres, s'il eut vécu dans ces fiecles de groffiereté, de ténébres & d'ignorance, que je fais qui ont fi long tems

obfcurci votre monde. Il eut civilifé
les Peuples le plus barbares : & il a encore inftruit & éclairé le plus doux &
le plus policé de l'Univers. Oui, nous
lui devons prefqu'autant pour l'accroif-
fement de nos vertus, que pour celui de
nos connoiffances , qu'il a étendues,
éclaircies & affurées. Son ftyle ne peut
être imité, & cependant tout le monde
croit en le lifant qu'il eut exprimé la
même penfée , comme il l'exprime.
C'eft toujours la netteté la plus grande,
& la précifion la plus exacte. Rien de
trop, ni de trop peu. C'eft la penfée qui
orne l'expreffion, & non l'expreffion qui
embellit la penfée. L'efprit précéde la
plume, & la plume ne court point après
l'efprit. Enfin aucun mortel n'a jamais
été plus univerfellement inftruit, & n'a
jamais fait un ufage auffi utile, auffi
varié, ni auffi agréable de fes connoiffances.

Il étoit déjà célébre, il y avoit long-
tems, quand il vit Sophronie, & qu'il
s'emflamma pour elle. Le goût de Sophronie accordoit fon cœur à Arifton.
Mais fa prudence le retenoit. Il n'avoit
pas encore quarante ans accomplis. Il
eft vrai que la nature plus occupée de
fon efprit, que des traits de fon vifage,
s'étoit bornée à mettre feulement dans
fes yeux le feu de fon génie. Arifton
plus touchant qu'Apollon, n'en avoit
point les charmes ; & c'étoit un avantage de plus pour plaire à Sophronie.
Car c'eft une obfervation qui j'ai oublié
dans le portrait que je vous ai fait des
femmes de cette Ifle, dit Charès, en
s'interrompant. Les Adonis & les Hercules en font auffi peu recherchés que
les Plutus. Je vous ai dit pourquoi elles
fuyent l'amour de ces derniers : &
vous devez comprendre la raifon qui les
engage à redouter celui des autres. Ce

n'eſt pas aſſez pour elles de n'avoir rien
à ſe reprocher : elles ne veulent pas même eſt en butte à l'ombre du plus leger
ſoupçon, & les Adonis & les Hercules
les y expoſeroient. Ils ſont ſouvent plus
propres à allumer les ſens, qu'à échauffer l'ame.

Quoique les plus preſſans avantages
ſollicitaſſent Sophronie en faveur d'A-
riſton, elle ne put néanmoins ſe réſou-
dre ſi-tôt à répondre à ſes vœux, ni à
écouter les ſiens propres. Elle admiroit
la ſolidité de ſon eſprit, & elle craignoit la légereté d'un cœur, dont il lui
ſembloit que toutes les femmes devoient
envier la conquête. Elle remit donc
Ariſton à un tems plus mûr & plus aſſuré
pour ſon repos. Il en fût déſeſperé, &
pour eſſayer d'aſſoupir ſa paſſion, par la
privation de la vue de Sophronie, il ſe
retira dans une maiſon de campagne,
où ſes ſeuls amis eurent le privilege de
l'aller voir.

Ce fut là qu'il augmenta confidérablement ces productions admirables en
tous les genres dont je vous ai parlé, &
qu'il les réunit dans une même édition,
pour l'utilité & la gloire de fa patrie;
elle parvint bien tôt ici, & Sophronie
fut la premiere & la plus empreffée à
la lire.

Après cette lecture, fon cœur ne fe
défendit plus. Dix années d'abfence s'é-
toient écoulées. Malgré ce long terme,
fi propre à guérir une paffion ordinaire,
& à en faire oublier même l'objet, elle
vola chez Arifton, qu'elle trouva plus
vieux, plus infirme, & auffi amoureux.
Elle couronna fa conftance & fa paffion ;
elle prit tous fes goûts. On devient,
pour ainfi dire, ce que l'on aime. Elle
adore Arifton, admire fes ouvrages, les
imite, & n'aime que fes amis.

Pulchérie fut d'abord auffi inexora-
ble aux vœux de Zénoclés, que Sophro-

nie l'avoit été à ceux d'Ariſton, quoique
ſon penchant les eût peut-être prévenu.
Il avoit encore plus de difficultés à vaincre que l'amant de ſa ſœur. Zénoclés
deſtiné par le ſort à marcher ſur les traces de Mars, en avoit preſque reçu l'air
& la majeſté. Pulchérie en fut effrayée
pour ſa réputation. Il eſt vrai que ſon
Amant étoit déjà connu par ſa douceur,
ſon humanité, ſon affabilité, ſon adreſſe
à tous les exercices, & par ſa valeur
froide & réfléchie. Mais en étoit-ce aſſez
pour qu'elle put ſe mettre au-deſſus de
toutes ſes craintes? Elle ne le crut pas.
Plus ſon Amant lui paroiſſoit aimable,
plus il lui ſembloit redoutable. Elle prit
donc le parti de lui avouer ingénûment
ſon inclination naiſſante pour lui; mais
en même-tems elle lui avoua auſſi les
juſtes motifs qu'elle avoit de la combat-
tre, & de lui réſiſter encore long-tems.
Ce fut en vain que Zénoclés tacha de la

raſſurer , en diſſipant ſes terreurs mal fondées. Elle fut inébranlable dans cette réſolution , & ſon Amant dévoré d'a-mour & de regrets, renonça à la ſociété & aux charmes de ce ſéjour , pour aller s'enſevelir dans une retraite obſcure, que des forêts auſſi anciennes que cette Iſle dérobent aux yeux des Voyageurs. Il n'a-voit que les bêtes fauves pour compagnes dans ce déſert preſqu'hinabité ; & pour perſpective , que des rochers affreux, au pied deſquels les ondes vont ſe briſer en mugiſſant.

Ce lieu ſauvage eſt ſitué dans la par-tie Septentrionale de cette Iſle. On a d'abord de la peine à concevoir com-ment une terre auſſi heureuſe que celle que vous voyez, a une de ſes portions ſi différentes des autres. Mais ce partage inégal, qui a l'apparence d'un jeu aveu-gle de la nature, eſt en effet le préſent le plus précieux qu'elle ait jamais fait,

puiſqu'il

puifqu'il eft le rampart de notre repos & de notre liberté. Vous avez éprouvé vous-même, par le naufrage de votre vaiffeau, que la tempête a pouffé fur ces côtes, que la feule qui foit abordable, n'a point affez d'eau pour y former un port où l'ennemi puiffe mouiller. On y échoue fur des fables, avant que de toucher au rivage. il n'y a que de légers canots qui puiffent y atteindre ; & nous n'avons rien à en redouter. Mais au contraire, fans les rochers menaçans & efcarpés qui défendent le côté du Nord, la Mer y eft affez profonde pour y porter les plus grands vaiffeaux. Nous leur fommes donc redevables de notre fureté ? Cependant vous allez voir que l'on cherchât à nous pénetrer il n'y a pas longtems par cet endroit même impénetrable. Mais revenons auparavant à Zénoclés, à qui nous dûmes notre falut dans cette occafion.

G

Il y avoit déjà quelques années qu'il
vivoit, ou plutôt qu'il languiſſoit dans
ſa ſolitude. Il n'y voyoit de tems en
tems que des chaſſeurs qu'il raſſembloit
pour détruire les animaux féroces qui
ravageoient les troupeaux des campa-
gnes voiſines. Les paſteurs de ces troupeaux attirés par ce motif intéreſſant,
s'y joignoient, ainſi que les cultivateurs
des champs qui touchent à la forêt de
Zénoclés. En les réuniſſant tous pour
leur avantage commun, il répandoit
ſur eux mille bienfaits, & ſes revenus
aſſez conſidérables étoient employés uniquement à leur ſoulagement & à l'aug-
mentation de leurs cultures. Il les en-
courageoit par des récompenſes, & les
inſtruiſoit par des leçons d'Agriculture
& de Commerce qui, en les enrichiſ-
ſant, fertiliſoient tous les jours ces terres autrefois incultes. Le bruit de ſa
renommée & de ſa générofité ſe répan-

dit bien-tôt par-tout, & en peu de tems
la population de ces lieux prefque dé-
ferts fut augmentée confidérablement.
C'étoit fe rendre le bienfaiteur de fa
patrie, & ce titre étoit affez beau pour
honorer le nom de Zénoclés. Mais
celui de fon libérateur lui étoit encore
deftiné. Sans le prévoir, Zénoclés s'en
étoit préparé les moyens; & lorfqu'il
n'avoit penfé qu'à faire des heureux, il
avoit formé des défenfeurs intrépides à
fon pays.

Le jour d'une chaffe générale, qui
étoit une efpece de fête qu'il vouloit
donner à fon peuple, il en faifoit déjà
la revue, il en vifitoit les armes, lorfqu'un Pêcheur accourant du rivage, lui
apprit que profitant de l'obfcurité de la
nuit, une flotte ennemie s'en étoit ap-
prochée, & que choififfant les accès
étroits que leur préfentoient les coupu-
res de quelques rochers féparés, elle

avoit débarqué des troupes qui s'occu-
poient à fe retrancher, à reconnoître le
pays, & à chercher des guides. A cet
avis d'un danger fi preffant, Zénoclés ne
balança point fur le feul parti qu'il eût
à prendre. Il comprit qu'en donnant le
tems aux ennemis de fe fortifier, &
d'affurer leur marche, c'étoit leur affurer
la victoire. Il connoiffoit trop l'efprit
doux, mais peu guerrier de fes Concitoyens, pour en attendre du fecours.

Tranquilles par les foins de la Nature,
nous nous étions peu occupés d'y joindre les défenfes de l'art. Satisfaits de ne
pouvoir être envahis, & bien éloignés
de penfer à envahir les terres de nos
voifins, nous regardions comme inutiles, & même comme barbares, toutes leurs précautions. Mais l'expérience
vient de nous apprendre qu'il ne fuffit
pas d'être pacifiques pour conferver la
paix, qu'il faut encore pouvoir foutenir
la guerre.

Malgré le peu de fecours que Zénoclés fe flatta de tirer de cette ville, il y
dépêcha néanmoins un courier , non
pour y porter l'allarme & le défefpoir,
mais pour en tranquillifer les Citoyens,
les inviter à fe joindre à lui , & leur apprendre qu'en les attendant, il alloit au-
devant de leurs ennemis , dans le deffein de les harceler & de les retarder.
Il marcha en effet contr'eux , & fes fuc-
cès pafferent fes promeffes. Il les trouva
dans le premier défordre d'un débarque-
ment, les chargea & les tailla en pié-
ces. Ses chaffeurs, fes bergers, fes labou-
reurs furent dans cette action des fol-
dats mieux difciplinés & plus aguéris
que ceux qu'ils attaquoient ; & Zénoclés, tel qu'Epaminondas , fortit de fon
cabinet pour être un héros dès fon premier coup d'effai. Ceux qui purent échapper à fes armes chercherent une retraite
fur les eaux, & prefque tous y trouve-
un tombeau.   G iiij

Zénoclés arrivoit chez lui avec fa petite armée, fuivi de quelques prifonniers, lorfqu'il fut rencontré par les plus empreffés de nos Citoyens. Le compte qu'il leur rendit de fa victoire fut auffi modefte qu'elle étoit éclatante & glorieufe. Imité par fes troupes, ce ne fut que fur le rapport des ennemis que nous jugeâmes de leur nombre & de l'important fervice que Zénoclés nous avoit rendu. Fatigué de louanges & de félicitations, il fe renferma chez lui, rendit graces aux Dieux, & regretta de n'avoir point perdu la vie dans une occafion qui venoit d'affurer notre liberté

Le tems, ni l'abfence n'avoient pû le guérir de la paffion qu'il nourriffoit dans fon cœur. C'étoit un poifon qu'il trouvoit trop lent à fon gré, & il s'en plaignoit douloureufement, quand il vit entrer chez lui la belle Pulchérie. Il douta d'abord du rapport de fes fens, enfuite du bonheur qu'elle venoit lui annoncer. Quoi, Madame, s'écria-t-il, lorfque j'ai déchiré mon cœur, en vous fuyant, vous avez l'inhumanité de pénétrer jufque dans le tombeau que je me fuis choifi, & d'y venir ranimer des cendres encore trop fenfibles, afin de rendre mon tourment plus vif? Avez-vous craint que vos coups ne fuffent pas affez mortels de loin, ou vous êtes-vous offenfée que je les fupportaffe fi longtems & que je refpiraffe encore?

Pulchérie prenoit trop de plaifir à à ces reproches & à ces plaintes pour les interrompre. Quoique incertaine de l'effet de l'abfence fur le cœur d'un Amant, qu'elle n'avoit ceffé d'aimer, elle étoit venue mêler fa joie à la joie publique, & fe jetter dans fes bras, fi l'Amour les lui ouvroit encore. Elle avoit cru voir tous nos yeux tournés fur les fiens, & la conjurer d'être la récompenfe de fon

G iiij

Libérateur & du nôtre. Ce qu'elle venoit d'entendre la raſſuroit ; elle voyoit
ſon Amant auſſi paſſionné que couvert
de gloire.

Ah ! Zénoclés , jugez mieux de Pulchérie, s'écria-t-elle à ſon tour. Vous lui
futes toujours cher. Que de ſoupirs vous
lui avez coûté ! Mais peut-elle les regret-
ter, puiſque c'eſt à leur cauſe que nous
devons notre ſalut, notre honneur , &
notre liberté ? Si vous avez bien connu
les craintes délicates qui ont produit
quelque tems vos maux & les miens ,
Vous ne pouvez, ſans injuſtice, m'accuſer de rigueur. Je viens pour y faire
ſuccéder une félicité inaltérable, ſi vous
partagez la mienne. Vous n'êtes devenu
que trop digne de ma tendreſſe ; mais
le ſuis-je encore de la vôtre ?

Si vous l'êtes, trop généreuſe Pulchérie , répondit Zénoclés , ſi vous l'êtes ?
Ah ! vous ne me faites cette queſtion

que pour avoir le plaifir d'entendre ré-
péter que vous êtes adorée, comme vous
le fûtes toujours ! Sans ce motif flatteur,
que le doute feroit cruel & outrageant !
ils tomberent dans les bras l'un de l'autre ; leurs ames fe confondirent, & depuis ce jour elles n'en font qu'une.

Le vieillard fe tût un moment, comme pour refpirer leur bonheur. Le même
fentiment agitoit Alcimédon. Qu'ils font
fortunés, dit-il, en foupirant & en rou-
giffant ! mais hélas, la connoiffance
d'une félicité fi pure, d'une félicité,
dont je ne croyois pas que les Mortels
puffent jouir fous aucun climat, n'eft
elle pas un poifon dévorant pour ceux
qui ne peuvent efpérer d'y atteindre ?
Eh ! qui peut l'efpérer, continua-t-il,
que ceux qui font nés fur cette terre trop
heureufe ?

N'en défefperez pas, reprit Charés,
la modeftie feule de cette crainte vous

rend digne d'un même bonheur. Il eſt
tems de vous mettre ſur la voie qui peut
vous y conduire. Je vous ai fait , ſans
doute , ſoupirer après ce moment, &
votre retenue, votre déférence pour mon
âge m'ont ſacrifié votre juſte impatience.
Vous ne perdrez ici le mérite d'aucune vertu. La moins brillante en apparence y eſt ſouvent la plus eſtimée. Tout
ce que je vous ai dit étoit néceſſaire à
votre inſtruction , & je vous épargne
mille détails qui ne le ſeront pas moins
enſuite , pour vous parler enfin d'Alcioné.

Elle eſt, comme vous le ſçavez déjà,
la ſœur de Sphronie & de Pulchérie.
Quand on voit les deux aînées ſans elle,
on croit voir deux Déeſſes d'Amathonte
ſe diſputer l'empire de la beauté ; mais
quand on voit Alcioné avec ſes ſœurs,
la concurrence n'arrête plus , tous les
yeux , tous les cœurs ſe réuniſſent, tout

eſt Paris pour Alcioné. Les vertus de ſon
ame, les charmes de ſon eſprit égalent
la légereté de ſa taille, & la beauté incomparable de ſes traits. S'il y a eu des
Nimphes & des Déeſſes, elles ont dû être
faites & belles comme Alcioné. Vous
remarquerez bientôt que ces avantages
ſont l'apanage des femmes de ce pays ;
mais vous remarquerez facilement auſſi
que tout diſparoît devant ce miracle de
la nature; & c'eſt peut-être une de ſes
erreurs, plutôt qu'un de ſes bienfaits.
La différence eſt trop grande & inter-
rompt trop l'enſemble des autres beautés, pour n'être pas un excès. Parmi vous
il ſeroit dangereux, mais admirez la
trempe de nos cœurs. Alcioné, la divine
Alcioné, n'a pas fait un infidéle. Les
Amans heureux par d'autres engagemens
ſont les ſeuls qui puiſſent la voir tran-
quillement, & ſe borner au tribut d'admiration qui lui eſt dû de tout le mon-

de. Heureux fi les cœurs libres avoient
le même avantage; mais aucun n'échappe
à fes chaînes. Plus elle s'obftine à en re-
fufer, plus il s'y en attache. Il me feroit
difficile de les compter; je ne vous parlerai plus que du tendre Cofroës.

C'eft un jeune homme charmant &
de la plus haute efpérance; il joint, à la
fleur du printems, la folidité de l'âge
mûr. Il adore Alcioné, & tel qu'une
plante noyée que le foleil ne réchauffe
point, languit, fe fanne & périt, le malheureux Cofroës, abimé dans la douleur,
eft prêt à expirer. Si jamais cette Nym-
phe, deffechée par l'excès de la fienne,
mérita que les Dieux en priffent pitié,
Cofroës eft digne, fans doute, de la même commifération & du même bienfait.
Son cœur eft dévoré, fes fens font confondus & fon efprit troublé. Il fuit la
lumiere & les humains, & n'habite plus
que ce bofquet que vous avez traverfé
en arrivant ici.

Ah ! Seigneur , s'écria Alcimédon, j'ai entendu ſes gémiſſemens. Son ſort m'eut attendri, ſans doute, ſi j'euſſe pu concilier avec la raiſon les cauſes de ſon infortune. Il ſe plaignoit de ſa jeuneſſe, de ſes richeſſés, & il les regardoit comme des barrieres impénétrables qui lui fermoient à jamais le cœur d'Acioné.

Vous êtes aſſez inſtruit à préſent, reprit Charés, pour concevoir le juſte fondement de ſes plaintes & de ſes regrets. Il connoît trop Alcioné pour ſe flatter d'en être aimé , mais il l'aime trop éperduement pour écouter la raiſon. Voilà la ſeule eſpéce d'infortunés que nous ayons parmi nous, ajouta le vieillard en s'attendriſſant, mais c'eſt un mal ſans remede. Coſroës eſt trop éloigné de l'âge auquel Alcioné pourroit lui faire grace en faveur de tant d'amour, & de ſes heureuſes qualités, pour qu'il lui reſte aucun eſpoir. Plus ſa paſſion eſt violenre, plus elle lui paroît fufpecte ; elle fe défie des défirs & des feux d'un âge inconftant & fougueux ; jamais elle n'y expofera la deftinée de fes beaux jours.

Non, non, s'écria tout à coup Alcimédon dans un tranfport dont il ne fut pas le maître, non, il n'eft pas poffible qu'Alcione réfifte à un Amant fi éperdu, & d'ailleurs fi digne de plaire. Elle fe laffera de fa réfolution, elle perdra fes craintes, elle fera fenfible au fupplice du tendre Cofroës, elle l'aimera . . . . . Seigneur, je fuis perdu !

Quoi ! interrompit Charés, déjà des allarmes, de la jaloufie, de l'amour, fans en connoître l'objet ? Ah ! cruel, reprit Alcimédon, vos peintures ne me l'ont que trop fait connoître. Avec quel art vous avez enfoncé un trait brûlant dans mon fein ! Que fera-ce donc, répondit Charés, à la vûe d'Alcioné ? Vous en ferez confummé. Cependant, conti-

nua-t-il, raſſurez-vous, gardez ces premiers feux que mes diſcours ont allu-
més, mais perdez vos craintes & vos
inquiétudes; le malheureux Coſroës ne
doit point vous en donner. Sa jeuneſſe
& ſes biens ne ſont pas ſes plus grands
torts aux yeux d'Alcioné; c'eſt le don de
plaire qui l'exclud à jamais de ſon ame.
Vous avez vu ſes ſœurs auſſi ſéveres
qu'elle ſur l'âge, mais vous les avez vues
ſenſibles pour leurs Amans, avant le
terme qu'elles avoient fixé à leur bonheur; vous les avez vues leur donner des
eſpérances, & ſouffrir autant qu'eux des
épreuves qu'elles leur faiſoient ſubir;
mais rien n'a pu émouvoir Alcioné. Trop
ſincere pour nourrir une paſſion qu'elle
ne peut partager, loin de laiſſer le plus
foible eſpoir à Coſroës, elle a cru devoir le lui faire perdre, à la premiere
étincelle de ſon feu. Elle ſe ſeroit fait
un crime de ſes progrès, ſi elle avoit

pu y contribuer par fon filence. Elle
ignore l'art odieux d'enyvrer un cœur,
quand le fien refte infenfible ; elle a
donc parlé à Cofroës avec cette candeur
qui eft le feul langage de la vertu, mais
elle n'a pu le guérir.

Hélas, Seigneur, lui dit alors Alcimédon, avec un air qu'il tâcha de rendre
tranquille, aura-t-elle plus de pouvoir
fur mon ame, que fur celle de Cofroës,
quand elle l'aura bleffée auffi profondé-
ment ? mais répondit le vieillard, loin
de la vouloir guérir, fi elle ne s'occupe
que du foin d'en augmenter la flâme,
ou qu'elle vous en faffe voir une auffi
tendre . . . N'achevez pas de m'empoi-
fonner ; interrompit Alcimédon. Eh !
qu'ai - je à lui offrir pour qu'elle faffe
tomber fon choix fur moi ? A quel titre
puis-je prétendre à cet excès de bonheur ?
Qu'ai-je fait dans ma vie qui pût même
juftifier le goût d'Alcioné ? Confidérez les
travaux,

travaux, les vertus & la gloire des Amans de Sophronie & de Pulchérie. Ils n'en font devenus dignes que par des voies que la nature & la fortune m'ont interdites. Ma vertu eft obfcure, je n'ai pas une étincelle du génie d'Arifton, & jamais je n'aurai l'occafion qui a immortalifé Zénoclés. D'ailleurs Etranger en ces lieux. . . . .

Quand le mérite accompagne les malheurs, on n'eft point Etranger parmi nous, repliqua Charés. Ce font ces malheurs que vous ne méritâtes jamais, c'eft cette qualité d'Etranger abandonné & pourfuivi par le fort, qui peuvent vous gagner le cœur d'Alcioné. Se fœurs ont regardé les titres d'hommes illuftres par les lettres & par les armes, comme ceux qui faifoient à leurs Amans un honneur qui rejailliffoit fur elles. Alcioné, auffi délicate, croit la gloire d'un homme éprouvé par les adverfités,

H

& toujours vertueux au milieu des vices,
une gloire encore plus folide, plus difficile à acquérir, plus digne d'admiration & d'intérêt, que celle qui naît des
lettres & des armes. Les Amans de fes
sœurs avoient un puiffant motif qui leur
faifoif rechercher une grande réputation.
Ils envifageoient un prix au-deffus de
leurs travaux ; mais vous., Seigneur, c'é-
toit fans efpoir de récompenfe que vous
reftiez attaché à vos devoirs & fidele à
votre parole, quand on vous donnoit
l'exemple d'y manquer. Ce n'étoit pas
non plus l'efpoir d'une réputation flat-
teufe, ni celui d'une eftime particuliere,
puifque vous viviez dans un monde où
rien n'eft fi équivoque que cette réputation & cette eftime que l'on accorde fouvent à celui qui les mérite le moins ; tandis
qu'on les refufe encore plus fouvent à celui qui les mérite le mieux. Croyez donc
que l'efpéce de gloire que vous vous êtes

acquife, eft le plus grand thréfor que vous ayez pû apporter dans cet ifle. Ne regrettez rien de ce que votre naufrage vous a fait perdre. C'eft cette gloire qui touchera furtout la fenfible & généreufe Alcioné. Elle a l'ame grande, & les malheureux font les feuls qui ayent jamais pû l'affecter.

Mais, comme vous l'avez dû remarquer déjà, il eft prefque impoffible qu'il y ait ici de ces malheureux dignes d'eftime, qui ayent tout fait pour fe concilier la faveur des hommes, fi elle s'accordoit aux vertus, & qui par les vertus ayent réfifté courageufement & inaltérablement aux coups injuftes du fort. Vous êtes donc arrivé pour flatter le penchant naturel d'Alcioné, & lui offrir un Amant autant felon fes defirs, pár la forte de mérite qu'elle révére, qu'Arifton & Zénoclés ont été, par le leur, dignes de la tendreffe de fes fœurs.

La douce perfuafion, répondit Alcimedon, coule de vos levres dans mon
ame. Plaife à l'amour que ce ne foit point
une cruelle illufion ; mais pourquoi vou-
driez-vous m'en rendre la victime ? Quel
plaifir pourriez-vous prendre à enchaîner
ce vautour fur mon fein, pour le déchi-
rer ? Le refpect que vous m'infpirez me
raffure, & la confiance en eft le fruit.
Mais, Seigneur, avec même de l'amour
propre, m'eft-il permis de recevoir les
éloges que vous avez donnés à ma conftance dans les adverfités, & à ma probité
pour ceux mêmes qui me trahiffoient ?
Qu'ai-je fait en cela que l'honnête homme
ne foit tenu de faire ?

Tout ce qu'il faut pour que je vous admire, interrompit Charés. Croyez qu'il
eft peut-être plus difficile de mériter ce
titre, que de devenir un grand homme.
Souvent l'action la plus héroïque de l'honnête homme eft enfevelie dans le fecret,

tout le monde l'ignore, perſonne n'en parle, parce qu'il ne la publie point ; au lieu que les actions qui font acquérir le titre de grand homme ont toujours mille témoins, volent de bouche en bouche, & s'enflent même par la renommée. Eſt-il bien difficile de ſuivre ici la vertu pour elle-même ? Tout le monde y eſt vertueux par tempérament ; mais eſt-il bien facile de l'être par principes, de l'être exactement & foncierement dans un pays où les plus délicats ſe bornent à l'être extérieurement ?

Cette derniere réflexion obligeante de Charés pour Alcimedon, termina leur long tête à tête. Il eſt tems, dit le Vieillard, de retourner chez moi ; peut-être y trouverons-nous bonne compagnie ; le ſoleil approche de ſon couchant, c'eſt l'heure à laquelle mes amis viennent me voir, je veux vous les faire connoître, & vous applanir les routes qui vous meneront aux pieds d'Alcioné.

Ils fortirent de la grotte, & revinrent
par un côté oppofé à celui qui les y avoit
conduit. La variété des objets n'y eut pas
moins étonné & charmé les yeux d'Alcimedon que les premiers qui les avoient
frappé, mais ils étoient tous dans fon
cœur. Ses facultés, fes idées s'y concen-
troient pour y contempler la divinité que
les difcours de Charés y avoient profon-
dément gravée. Il étoit diftrait & ne répondoit plus aux chofes étrangeres à cette
divinité, dont le Vieillard l'entretenoit
en marchant, que comme un homme qui
ne répond qu'à fa penfée. Il ne s'apperçut
même pas d'abord qu'il l'avoit quitté &
qu'il étoit feul. Il y avoit déjà quelques
momens que Charés l'avoit prévenu de
s'arrêter devant une ftatue d'Hebé, qui lui
feroit encore plus admirer le modele
fourni par la nature, que la main de l'Ar-
tifte, quoiqu'il l'eût imité dans la plus
grande perfection. A-t'elle été faite d'a.

près Alcioné , demanda-t'il long - tems
après, cette ſtatue ſi parfaite ? Surpris
alors que Charés ne lui répondit rien , il
le chercha & ne le vit plus. Il en fut allarmé , & ſortant de ſa rêverie, il retour-
na ſur ſes pas pour le chercher. Il n'alla
pas loin.

Il le vit à ſon tour tellement occupé de cette ſtatue d'Hebé, dont ſes em-
braſſemens ſembloient vouloir animer
le marbre , qu'il crut que rien ne l'en
ſépareroit. Il le contemploit ; il craignoit qu'il n'expirât dans un tranſport
où le feu du cœur triomphoit de la
glace des ans ; mais il n'oſoit le retirer des bras de ſa ſtatue , ni pénétrer la cauſe d'une tendreſſe ſi animée
pour un objet ſi froid. Enfin Charés
s'en arracha le viſage baigné de pleurs
& le cœur plein des ſoupirs plus élo-
quens que toutes les plaintes.

Vous voyez, dit-il à Alcimedon, quand il fut maître de son trouble, vous voyez presque tout ce qui me reste de ma chere Aglatide. Vous avez déjà été témoin de ce que ce nom si précieux m'a causé de douleurs ; jugez de l'impression qu'une image fidéle de tant de charmes doit faire dans mon ame, toutes les fois que mes regards s'y attachent. La voilà, Seigneur! elle semble respirer dans ce marbre , & le rendre sensible. Elle semble me dire : Charés, je vous aime autant que vous m'adorez. Ouvrez mon tombeau, descendez-y, vous y trouverez le feu de mes cendres égal à celui dont mon cœur brûla toujours pour vous. La mort avoit des droits sur ma vie, mais elle n'en aura jamais sur mon amour. Les ombres qui m'entourent en sont témoins. Elles nous verront un jour réunis , & ce sera de ce jour seulement que commencera pour moi cette félicité immortelle , dont les

autres

autres jouiſſent dès l'inſtant de leur entrée au ſéjour de délices que j'habite.

En finiſſant cette proſopopée atten-
driſſante pour un cœur tel que celui d'Alcimedon , & extravagante aux oreilles
d'un agréable , Charés tomba preſque
évanoui. Ses forces l'abandonnerent , &
ſon hôte ne fut pas peu embarraſſé à le
ſecourir. Cependant il revint à lui , & fut
touché des ſoins , & plus encore des larmes d'Alcimedon.

Ne vous effrayez point de l'état où
vous m'avez vu, lui dit-il ; c'eſt le plus
heureux que je goûte depuis la perte horrible que j'ai faite de la tendre Aglatide.
Chaque jour je viens ici mourir dans les
bras de ſon image , pour tâcher de revi-
vre plûtôt dans les ſiens. Je me flatte que
j'y trouverai une fin douce , qui ſera le
commencement d'un bonheur éternel ,
quand mon âme ſéparée de la ſienne s'y
ſera rejointe. Ma maiſon eſt remplie de

I

ſes portraits, chaque appartement m'offre ſes charmes , & chacun de ſes traits
m'arrache des ſoupirs & des larmes qui
ſont tout mon bien. Son tombeau eſt
mon lit. Nos corps n'ont pu être ſéparés
par la mort. Mes nuits & mes jours ſont
à elle. Ah ! Pigmalion , s'écria-t'il, qu'a-
vois-tu fait d'aſſez agréable aux Dieux ,
pour qu'ils animaſſent, à ta priere, l'ouvrage de tes mains , tandis qu'ils ont permis à la mort aveugle de détruire le chef-
d'œuvre des leurs ? cependant, ajouta-
t'il d'un ton plus calme, avec cette douleur profonde qui vous attendrit, & qui
peut-être vous épouvante , je ſuis, après
ceux qui jouiſſent encore des objets de
leur paſſion , le plus heureux des hommes, & mille fois moins à plaindre que
ceux qui ne peuvent les obtenir. J'aime
mes peines, elles me ſont précieuſes : &
ce feroit me ravir tout ce que j'ai de plus
cher que de m'en guérir , ſi elles avoient
un remede.

Charés & Alcimedon étoient déjà arrivés au périftile de la maifon , quand le
Vieillard acheva ces mots. Ils y virent
plufieurs domeftiques étrangers qui en
firent connoître les maîtres à Charés.
Montons, dit-il à Alcimedon , on m'attend ; j'ai paffé de quelques minutes
l'heure de mon rendez-vous avec mes
amis. Ils connoiffent celle que je donne
plus particulierement au culte & au fouvenir d'Aglatide , & ils viennent affidû-
ment faire un peu de diverfion aux traces
lugubres que ce moment laiffe dans mon
efprit. Quoi, les hommes font ici , répondit Alcimedon , des amis auffi atten-
tifs , auffi fenfibles que des amans par-
faits ! Cette Ifle eft donc ce Paradis de
la terre tant célébré ailleurs , & fi peu
connu ?

Il n'en put dire davantage. Les portes
de la galerie s'ouvrirent , & Alcimedon
ne vit qu'une feule perfonne , quoiqu'il

I ij

en vînt plusieurs à la rencontre de Cha‑
rés. Ah ! la voilà, s'écria‑t'il, sans faire
attention à l'étonnement que ce cri cau‑
feroit, là voilà, cette unique Alcioné!
Seigneur, mes sens m'abandonnent, &
je suis prêt à l'adorer comme une divi‑
nité. C'étoit Alcioné en effet, suivie de
ses sœurs & de leurs amans. Elle rougit
de cette exclamation : elle baissa les
yeux, les releva malgré elle sur l'incon‑
nu, & les rabaissa. Mais Alcimedon n'é‑
toit plus en état de remarquer cet embar‑
ras. Le sien, déjà trop annoncé par ses
paroles, ne l'étoit pas moins par sa con‑
tenance. Tout le monde en fut frappé,
mais personne ne voulut augmenter son
trouble.

Quand Charés eut dit son nom, & ex‑
pliqué en peu de mots son avanture,
chacun s'empressa de lui faire, non de ces
politesses affectées & extérieures que l'é‑
ducation & la curiosité dictent pour les

Étrangers, mais des prévenances que la feule affabilité du cœur peut infpirer. Il entendit la belle Alcioné qui demandoit au Vieillard, fon nom, fa Patrie, la caufe de fon arrivée dans l'Ifle. Il prévint la réponfe de Charés. J'étois, Madame, dit-il à Alcioné, un malheureux que le fort & les hommes perfécutoient. Le projet de m'y fouftraire ne m'avoit laiffé que le parti de les fuir. Je croyois ne m'éloigner que du vice & de la méchanceté. Un deftin plus heureux que celui qui me pourfuivoit n'a jamais été cruel, m'a conduit au centre du bonheur & de toutes les vertus. Mais mon cœur, mes fens, mes yeux font trop foibles pour foutenir l'éclat des merveilles étonnantes que je vois ici.

En prononçant ces derniers mots, il ofa regarder un moment Alcioné; mais comme fi c'eût été un crime, il parut fe troubler de nouveau, & fa rougeur dé-

cela fa crainte. La modefte Alcioné eut
été également embarraffée de fa réponfe
& de fon filence, fi Charés, voulant leur
donner le tems à l'un & à l'autre de fe
remettre un peu, n'eût pris la parole. Ce
fut pour raconter à fes amis le peu qu'il
fçavoit de l'hiftoire d'Alcimédon. Il n'oublia rien de ce qui pouvoit le rendre intéreffant & eftimable par les qualités du
cœur. L'amour propre d'Alcimédon en
dût être auffi flatté, que fa modeftie embarraffée. Arifton & Zénoclés y joigni-
rent leurs éloges, & Sophronie & Pulchérie femblerent encore enchérir fur
leurs amans.

La feule Alcioné ne fçavoit comment
parler, ni comment fe taire. Son état
chez nous l'eut autorifée à prendre ce dernier parti. La diffimulation y eft la vertu
principale de fon fexe, & on la confond
avec la réferve ; mais dans cette Ifle fortunée la franchife eft du devoir des deux

fexes & de tous les états. Alcioné loua
donc enfin auffi le courage & le mérite
d'Alcimédon , mais en termes mefurés
qui euffent plûtôt femblé faire l'éloge
de la vertu que du vertueux , fi le ton
n'eût annoncé au moins autant d'intérêt
pour l'un que pour l'autre. Le fon enchanteur d'une voix déjà fi chere acheva de
porter le feu le plus ardent au cœur d'Alcimédon.

S'il eut fçu que la candeur des mœurs
du pays autorifoit l'aveu public de
tous les fentimens de l'ame , il n'eut
pas différé d'ouvrir la fienne à Alcioné. Mais il étoit encore trop obfédé
par nos ufages , pour ofer être fi promp-
tement fincere. Il fçavoit qu'il y a un
tems marqué pour les déclarations des
feux les plus paifibles , faites même aux
femmes les moins dignes d'en allumer
d'autres. Il n'eft pas étonnant qu'il n'osât
fe permettre d'avouer fa paffion , dès la

premiere vûe de celle qui la lui inspi-
roit ; mais il n'étoit pas nécessaire que
sa bouche parlât. Ses yeux, ses gestes,
sa couleur, sa voix, ses discours sans ordre & sans suite, disoient tout, lors-
qu'il croyoit ne rien dire, & qu'il s'ap-
plaudissoit de sa circonspection & de
son respect.

Ariston, qui s'appercevoit comme les
autres, de ce qui se passoit dans le cœur
de l'Etranger, proposa à Charés de le
mener à la Comédie. C'est un délasse-
ment, un plaisir de tous les âges & de
tous les pays, ajouta-t'il : & Alcimédon
fera sans doute bien aise de les partager
avec nous. On joue le Sertorius de Cor-
neille. Si les maximes de ce grand homme, si celles de l'Auteur de Phedre &
de Britannicus, de celui de Mérope,
d'Alzire, de plusieurs autres de vos Poë-
tes illustres & célébres, pouvoient devenir les maximes générales des peu-

ples de vos contrées, vous n'auriez rien à nous envier, pourfuivit-il, en s'adreffant à Alcimédon. Nous fommes bien éloignés de penfer comme un de vos Mifantropes nouveaux, qui fait confifter la force du génie dans la bifarrerie des paradoxes les plus étranges, & la perfection de la philofophie dans la haine des hommes. Nous avons lu fon étonnant difcours contre les Sciences & belles Lettres, qu'une Académie plus étonnante encore a couronné, & nous en avons ri ; mais nous ne fçavons pas encore précifément fi c'eft plus aux dépens du Vainqueur, que des Juges de la victoire. Pour excufer ceux-ci, nous avons cru que leurs Statuts ne leur impofent que l'obligation de péfer le fon & l'arrangement des mots, & qu'ils les difpenfent de l'examen des chofes. Mais. fi cette régle les juftifie, elle eft fi contraire à la véritable éloquence, qui conſiſte plus dans la force des penſées vraies, que dans le choix des termes ſonores, que nous leur conſeillons d'y renoncer. Il ſeroit auſſi peu judicieux de dire que l'acier brut eſt moins ſuſceptible de rouille que l'acier poli, & qu'il faut bri-ſer les limes qui enlevent ce que ſa ſur-face a de raboteux , que d'accuſer les Sciences & les Lettres de corrompre le cœur. Elles ſont les limes qui le poliſ-ſent ſi parfaitement, que la rouille des vices honteux n'y peut mordre, & qu'il devient une glace unie ſur laquelle leur poiſon ne fait que gliſſer.

Nous avons lu auſſi l'ouvrage de ce moderne Timon contre l'eſpéce humai-ne; mais pour cette fois nous avons gémi. Eſt-il poſſible que né avec de l'eſprit & des talens, on faſſe gloire de montrer un cœur ſi farouche ? Vos vices ſont encore préférables à la vertu qu'il y veut ſubſti-tuer. S'il l'aime en effet, il l'a peint d'une façon à la faire haïr. Quoi , n'y a-t-il donc point de milieu pour l'homme , entre marcher à quatre pieds avec les brutes, ou vivre dans les excès de la débauche ? Ne peut-on être vertueux fans fuir, fans maudire la fociété de fon efpéce ? C'eſt ce qui en épure les liens qu'il faut enfeigner, & non ce qui les détruit; Voilà comment il eſt glorieux de travailler , comment on doit faire parler la vertu. Inſtruifez & n'humiliez pas ; ne faites point de déclamation contre l'art divin des Sophocles , & penfez que les Citoyens d'Athenes & de Rome , qui en admiroient les chef-d'œuvres, valloient bien les Citoyens de Genêve qui les profcrivent.

Nous eſtimons d'autant plus ici vos bons ouvrages, que nous obfervons ce qu'ils enfeignent. C'eſt notre régle inviolable d'adopter les vertus & les connoiſſances étrangeres , pour fortifier ,

pour étendre les nôtres, & de rebuter
ce qui peut être vicieux ou dangereux
dans la pratique. Les spéculations de
vos Ecrivains sont admirables en général. Par quelle inconséquence dit-on si
bien, & agit on si mal ? Alcimédon répondit en assez bon Philosophe à cette
question, & accepta avec reconnoissance
l'offre qu'Ariston lui avoit faite de le mener à la Comédie.

L'heure sonnoit, tout ce qui étoit
chez Charés s'y rendit. En entrant dans
la loge, Alcimédon entendit Sophronie
qui disoit à Alcioné, que cet Etranger
est intéressant par ses malheurs, ses dé-
plaisirs & sa constance ! On jugera facilement de l'effet de ce discours sur un
Amant déjà dévoré de sa passion. Il tâcha d'entendre également la réponse d'Alcioné. Elle n'en fit point à sa sœur ; mais
elle fixa Alcimédon. Ce regard dans un
pareil moment, n'étoit-il pas la réponse

la plus favorable qu'il pût défirer ? il ofa prefque la comprendre.

Bientôt la toile fe leva, l'orcheftre qui jouoit depuis longtems, & qui l'eut autant féduit que le concert de Charés, s'il eut pu l'entendre, cefla tout-à-coup : les Acteurs parurent, ils avoient l'air & l'habit des Héros qu'ils repréfentoient. Ils avoient plus encore, la noblefle de leur démarche, & celle de leur voix ; de l'ame, des entrailles, & point de poumons ; point de contrefens dans le coftume, point d'affectation dans le gefte, point de déclamation dans le difcours. C'étoit le véritable ton du cabinet des Rois.

La falle étoit belle, bien éclairée & d'une jufte proportion. La voix fe diftribuoit également partout. Une partie des Spectateurs n'attendoit point impatiemment fur fes jambes la fin d'un divertiffement fatiguant, tandis que l'autre eft affife. Perfonne n'y parloit. Les femmes trop attentives, trop attendries, pour y faire des nœuds, écoutoient, & les jeunes gens fembloient oublier leur beauté, pour ne fe fouvenir que de l'intérêt de la piéce. Point de cabale contr'elle, point de partialité pour les Acteurs. C'étoit enfin le fpectacle le plus décent & le mieux réglé, auquel on peut affifter. Alcimédon, accoutumé au bruit, aux diffonances, au patétique exagéré, à mille défauts que nous condamnons tous les jours, & auxquels ne remédient ni le goût, ni la police, trouva encore auta nt de différence entre ce fpectacle & ceux qu'il connoiffoit, qu'il en avoit remarqué dans tout ce qu'il avoit admiré précédemment.

La Tragédie étoit commencée, il fit fes efforts pour y donner un peu d'attention; mais il ne fut tiré de fa rêverie profonde, que par ces vers que Sertorius dit à Perpenna,

» J'aime . : . . à mon âge il fied fi mal d'aimer ;
» Que je le cache même à qui m'a fçu charmer.

Alcimédon ne put fe défendre de
tourner des regards timides & enflammés fur Alcioné, qu'il ne baiffa qu'à ces
mots fuivans.

» Mais tel que je puis être, on m'aime.

Il laiffa échapper un foupir qu'il avoit
voulu étouffer, & porta la main fur fon
vifage, pour en dérober le trouble. Il fe
promit de ne plus fe laiffer furprendre
à ces applications fi naturelles à fon état
préfent ; mais cette réfolution dépendoit-
elle de lui ? La fcene de Viriate avec Thamire la lui fit bientôt oublier. Il fe fentit accablé de la furprife que cette con-
fidente témoigne à la Reine, en lui par-
lant de fon amour pour Sertorius, en ces
termes :

» Il eft affez nouveau qu'un homme de fon âge,
» Ait des charmes fi forts pour un jeune courage ;

» Et que d'un front ridé les replis jauniſſans ;

» Trouvent l'heureux ſecret de captiver les ſens.

Ceux d'Alcimédon, prêts à l'abandon-
ner, ne furent retenus que par le deſir
d'obſerver ſi Alcioné éprouvoit ce que
Viriate repliqua à Thamire en faveur de
ſon amant :

Ce ne ſont pas les ſens que mon amour conſulte.

.   .   .   .

.   .   .   .

L'amour de la vertu n'a jamais d'yeux pour l'âge,
Le mérite a toujours des charmes éclatans.

Il regarda encore Alcioné, mais pour
cette fois avec un air de crainte & d'in-
quiétude. Que devint-il, quand il rencontra ſes yeux, qui le fixoient auſſi avec
une langueur qui ſembloit lui parler
comme Viriate ! Il en eut bien moins
fallu pour enyvrer d'eſpérance les Con-
quérans de nos Belles. Cependant Alcimédon étoit trop enflammé, pour être
légerement crédule, ou préſomptueux.

Il

Il flotta jufqu'à la fin de la piéce entre la crainte & l'efpérance ; mais le combat de cés deux fentimens étoit inégal & la crainte finiffoit toujôurs par prendre le deffus.

Dans l'entre-acte de la Tragédie à la Comédie qui devoit la fuivre, la converfation devint générale dans la loge de Charés, & Alcimédon eut lieu d'admirer autant l'efprit d'Alcioné que fa beauté qu'il avoit d'abord cru incomparable. Elle lui fournit cette comparaifon, qu'envain il eut cherché ailleurs: Elle feule pouvoit être rivale d'elle-même.

Pulchérie, l'Amante du Héros de fa Patrie, trouva tant de conformité entre fa fituation, & celle de la Reine de Lufitanie, qu'elle en prit occafion de dire les chofes les plus délicates & les plus tendres à l'heureux Zénoclés, qui répondoit avec plus de paffion, qu'un

K.

Amant bien enflammé chez nous, qui n'a encore rien obtenu. Ils avoient l'un & l'autre la précieuse liberté de penser tout haut, de sentir en public ; & les témoins de leur bonheur sembloient en augmenter les charmes. Celui d'Ariston & de Sophronie n'éclata pas moins. Ariston jugeoit en Maître souverain du Théâtre, & Sophronie partageoit les applaudissemens qu'il recevoit.

Cette conversation animée & intéressante fut interrompue par le commencement de la petite piéce, que les Acteurs ne firent point attendre ; c'étoit la Pupille. Il sembloit que le choix & non le hasard, eut fait jouer cette Comédie. Les applications au sort d'Alcimédon y furent encore plus fortes, plus fréquentes que dans la Tragédie. Alcimédon croyoit être à la place du Tuteur, & Alcioné à celle de la Pupille. Elle souffroit de son embarras, elle s'impatientoit de

l'excès de modeſtie de ſon Amant. Je
plains un cœur ſi tendre & ſi vertueuſement formé, lui dit Sophronie; je le
plains d'être né dans un païs où le pré-
jugé veut étouffer la nature, & fermer
la bouche à la ſincérité. Si Lucinde eût
été élevée parmi nous, & elle en étoit
digne, elle n'eut pas ſouffert la contrainte de ſes ridicules Amans, ni affligé
celui qu'elle chériſſoit, en n'oſant lui
déclarer ſa tendreſſe. Elle auroit fait avec
lui ce que nous faiſons ici. Le premier
qui ſent l'Amour, l'avoue le premier à
l'objet qui le fait naître. C'eſt une foi-
bleſſe auſſi grande de diſſimuler un ſentiment, que c'eſt une tache honteuſe de
le feindre, quand le cœur ne le dicte
point.

Alcimédon ne perdoit pas un mot de
cette réflexion, il conſidéroit attentive-
ment & alternativement Sophronie &
Alcioné, pour tâcher de démêler l'inten-

tion de l'une, & l'impreffion de ce difcours fur l'autre. Il put fe flatter qu'elles lui étoient également favorables ;
mais encore une fois, il le défiroit trop,
pour l'efpérer beaucoup.

On fortit de la Comédie. Mille flam-
beaux en éclairoient les iffues, & nul
embarras n'empêchoit d'y arriver. La
falle du fpectacle formoit une efpéce de
rotonde environnée de portiques qui ou-
vroient circulairement plufieurs débou-
chés. Cet édifice, confacré aux plaifirs du
Public & à fon rendez-vous, étoit élevé
au milieu d'une grande place octogone,
dont les rues préfentoient autant de routes
larges & commodes aux carroffes. Ceux
de Charés & de fa fuite approcherent
donc avec facilité ; ainfi fans fe morfon-
dre fur un efcalier en les attendant, on
arriva bientôt chez lui.

Un fouper délicieux fut fervi peu de
tems après, & la converfation fut amufan-

te du commencement jufqu'à la fin, parce qu'elle fut toujours intéreſſante. On obligea Alcimédon de raconter ſes avantures. Il en parla modeſtement; il peignit ſans aigreur & ſans amertume les amis ingrats & les maîtreſſes perfides, dont il avoit à ſe plaindre. Il avoua naturellement les foibleſſes de ſon cœur, quand les preuves des plus évidentes trahiſons n'avoient pu le détacher des objets de ſes affections. Il déplora d'une maniere touchante la douloureuſe fituation d'un honnête homme, qui aime malgré lui une femme qu'il ne peut eſtimer. Alcioné, qui étoit à table à côté de lui, s'intéreſſoit viſiblement à ſes malheurs, le plaignoit moins en apparence que les autres, mais plus vivement ſans s'en appercevoir. Elle rougiſſoit d'indignation aux détails des fauſſetés de ſon ſexe, & ne pouvoit concevoir comment il étoit ailleurs ſi différent de ce qu'il eſt dans

fon pays. Les vices des hommes ne la
chagrinoient pas moins fenfiblement.
Elle gémiffoit de leur corruption & con-
foloit Alcimédon par la certitude de n'en
plus trouver que de vertueux, s'il étoit
réfolu de fixer fa demeure dans l'ifle où
le fort l'avoit conduit.

Si j'y fuis réfolu, Madame, s'écria-t-il?
J'aurois mérité plus de malheurs & de
perfécutions que je n'en ai effuyé dans
le cours déja long de ma vie, fi j'étois
capable de quitter l'afyle où je fuis parvenu, pour redefcendre aux enfers!
L'expreffion eft forte, dit Alcioné....
Pas encore affez, reprit-il, pour expliquer ce que j'éprouve dans ce moment.
Il n'y a ni plus de beautés, ni plus de
vertus au ciel que j'en vois ici, & je n'ai
point d'autre comparaifon pour me faire
entendre. Il ne faut aux Dieux que des
hommages, de l'encens & des vœux.
Tout ce que je connois ici n'eft pas

moins digne des miens. Nous deman-
dons, interrompit Sophronie, plus de
fentimens que de refpects ; ceux-ci gê-
nent l'ame, ceux-là en font les inter-
prêtes. Ah ! Madame, reprit Alcimédon,
la mienne eft remplie de ces fentimens
que l'on eftime tant chez vous, & qui
m'ont toujours trahi ailleurs. Livrez-vous
y fans contrainte, repliqua t'elle, nous
la connoiffons auffi peu que la licence.
Toujours tranquilles, toujours raffurées
par les motifs, nous permettons un libre
effor aux mouvemens du cœur & aux
plus fecretes penfées de l'efprit. L'un
eft fincere, l'autre eft droit; qu'aurions-
nous à en redouter ?

On en étoit là quand le fouper finit.
Peu de tems après chacun fe fépara avant
l'heure ordinaire , afin de procurer à
l'Etranger un repos que l'on croyoit lui
être néceffaire. Il refta donc feul avec
Charés, Ah ! Seigneur, lui dit il, avec

une expreſſion qui affecta le Vieillard; >
Seigneur, que votre peinture éloquente
eſt encore au-deſſous de la Nature ! Elle
s'eſt épuiſée en formant Alcioné. Rien
n'avoit paru d'égal ſur la terre, & rien n'y
reparoîtra plus de ſemblable. On eſt accablé du pouvoir de ſes charmes avant que
l'on ait pu les admirer. Je ne ſçais ſi elle
eſt blonde ou brune, grande ou petite;
je ſçais ſeulement que j'ai été ébloui,
enyvré & embrâſé au premier coup d'œil.
Que je vais être heureux ou infortuné!
Si Alcioné dédaigne mes vœux , mes
malheurs paſſés ne ſont pas l'ombre de
mes malheurs à venir. Je ne vois rien,
interrompit le Vieillard, qui doive vous
donner lieu de redouter ce refus. Ou je
me trompe fort , ou l'impreſſion que
vous avez faite ſur Alcioné ne tardeïa
point à répondre ouvertement à la vôtre.
Oui, Seigneur, elle vous aimera ; je la
connois aſſez pour oſer vous le prédire.

Son

Son embarras & son air d'intérêt sont mes garans. Si votre âge trop peu avancé encore ne vous nuit point, je vous vois bientôt le plus heureux des hommes. Demain nous serons mieux instruits. Il faut vaincre votre timidité, & porter votre ame à ses pieds. C'est elle qui doit régler votre sort ; ainsi c'est d'elle qu'il faut l'apprendre. A ces mots, il conduisit Alcimédon dans son appartement, & croyant le livrer au sommeil, en le livrant à lui-même, il le laissa en proye à tout ce que l'agitation de la passion la plus ardente & la plus impétueuse a de troubles, d'allarmes & de déchiremens.

Quelle nuit éternelle il passa ! j'en attesterois les Amans les plus tendres, & je leur en demanderois la peinture, s'il y en avoit parmi nous qui pussent être comparés à Alcimédon. Mais que diroient-ils qui approchât de son tourment, qui donnât une idée de sa situation ? Il

L

n'a pu la faire comprendre lui-même, & je ne fuis pas affez éloquent pour y fuppléer.

A peine le jour recommençoit-il à éclairer le fommet des côteaux charmans de l'ifle de Philos, qu'il fe leva, & defcendit dans les jardins de Charés. Il n'y fut devancé que par mille oifeaux, dont les chans amoureux, & les careffes animées furent à fon cœur & à fes yeux autant de fymboles du bonheur général de tout ce qui refpire fous ce climat chéri de la Nature & des Dieux. Tout portoit le feu dans fes fens, jufqu'à la fraîcheur & au murmure des eaux. Il erra long-tems dans les détours multipliés de ces jardins. Ils renfermoient mille beautés, mais il n'en remarquoit plus aucune, parce que celle qu'il cherchoit ne leur donnoit pas la vie. Situation étrange d'efprit & de cœur des Amans! Sans Alcioné, il fe croyoit dans un défert ; devant elle, tout le reste se fut également évanoui.

Il y avoit déjà plusieurs heures qu'il marchoit à l'aventure, & qu'il revenoit sur ses pas, en croyant avancer, lorsque les rayons du soleil commencerent à échauffer assez la terre, pour que l'on cherchât des asyles contre leurs feux. Mais ceux d'Alcimédon étoient trop vifs, pour qu'il fut averti par une ardeur étrangere de se couvrir des ombrages frais que mille réduits touffus lui présentoient. Il n'y pensa, au contraire, que pour redoubler la flamme qui le dévoroit. La grotte où Charés avoit commencé la veille à la faire naître, lui étoit trop chere, pour l'oublier. Il crut qu'un lieu qu'il avoit oui retentir du nom d'Alcioné étoit devenu un Temple qu'il ne pouvoit assez fréquenter. Il y marcha pour le remplir de ses soupirs & de ses vœux : & déja il avoit mis un pied sur l'entrée, quand il entendit une voix inconnue de

femme. La diſcrétion l'arrêta ; mais une
Puiſſance ſecrette l'empêcha de ſe retirer.

,, Ne réſiſtez point à votre cœur, di-
,, ſoit cette voix ; votre jour de ſenſibi-
,, lité eſt arrivé. Vous avez fait aſſez
,, d'infortunés juſqu'à préſent, pour jouir
,, enfin de la douceur de faire des heu-
,, reux & d'être heureuſe vous-même.
,, Tout ce que le ſage Charés vous a
,, dit de l'Etranger, tout ce que vous
,, avez vu vous-même, ne vous laiſſent
,, aucun doute d'en être adorée, quand
,, vous n'auriez pas l'expérience conſ-
,, tante de l'être par tous ceux qui oſent
,, élever un regard juſqu'à vous. Je ſuis
,, ſon garant, répondit un homme,
,, qu'Alcimédon reconnut pour Charés,
,, autant que l'état de ſon cœur le lui
,, permit dans ce moment inexprima-
,, ble. Si vous aviez pû être témoin de
ſes tranſports, quand vous fûtes ſortie

» de chez moi, la·gloire & la satisfac-
» tion d'être aimé à cet excès par un
» homme vertueux, que toutes les ad-
» versités ont éprouvé, vous eussent dé-
» cidés sur le champ en sa faveur. Il
» me faisoit autant de pitié que de plai-
» sir. Toute la nuit j'ai partagé sa situa-
» tion, à présent je suis inquiet de ses
» suites. Il a précédé l'Aurore, & c'est
» envain que je l'ai cherché.

» Ce seroit envain aussi, répondit
» Alcioné, car il est facile de juger que
» c'étoit à elle que ces discours s'adres-
» soient, que je vous dissimulerois, ou
» que je combatterois le penchant qui
» m'entraîne vers cet Etranger. Il est
» selon mon cœur, il réunit les choses
» que je voulois rassembler dans mon
» Amant; mais, hélas, ajouta-t-elle en
» soupirant, qu'il est encore jeune.

Alcimédon ne put tenir à cet aveu.
Quoique le plaisir & la surprise lui dé-

robaffent prefque l'ufage de fes jambes, il entra & fe précipita aux genoux d'Alcioné. Ah ! Madame, lui dit-il, vous redoutez mon âge, & moi je regrette les jours écoulez loin de vos yeux. Peuvent-ils être trop longs, quand ils doivent vous être confacrés ? Divine Alcioné, je venois ici par l'excès de mon amour animer & attendrir ces marbres, que j'y croyois mes feuls témoins, & j'y entends prononcer par vous-même l'excès de mon honheur. En ratifierez-vous l'aveu aux yeux du plus paffionné de tous les hommes? Pourriez-vous craindre fon inconftance, vous née pour faire adorer la fidélité, & la rendre la vertu la plus facile de l'Univers ? Vous le fçavez, j'ai aimé fans partage des femmes volages & infideles ; pourrois-je trahir l'incomparable Alcioné ? Non, puifque votre cœur m'eft favorable, votre raifon ne nous fait ni à l'un, ni à l'autre, une telle injuſtice. Si un mortel peut être digne de vous intéreſſer, j'oſe le diſputer, à tous les Amans de l'Univers, quand il ne faut, pour être préféré, qu'une paſſion ſans bornes, une conſtance ſans altération, & des malheurs non mérités, ſoutenus ſans foibleſſes.

L'étonnement d'Alcioné à l'arrivée imprévûe de ſon Amant, ne lui permit pas de l'interrompre. Elle garda même le ſilence encore quelques momens, après qu'il eut ceſſé de parler, & qu'il attendoit à ſes pieds l'arrêt de ſa vie ou de ſa mort. Mais pendant ce ſilence, ſes yeux commençoient à expliquer les ſentimens de ſon ame. Sans pouvoir vous ſoupçonner d'indiſcrétion, lui répondit-elle enfin, vous avez ſurpris l'aveu de mon inclination. Mon deſſein ne fut jamais de vous le dérober. Incapable de déguiſement, je me ferois fait un mérite de ma ſincérité, & de la promp-

titude de cet aveu qui vous eft fi cher.
Oui, pourfuivit-elle, d'un ton enchanteur, oui, Alcimédon, je vous aime.
Vous allez faire déformais ma fouveraine
félicité, fi je fais la vôtre. A ces dernieres paroles, elle voulut le relever,
mais il étoit évanoui à fes pieds. Il n'a-
voit pu les entendre, fans être abandonné de tous fes fens retirés dans fon
ame. La pâleur de la mort avoit fuc-
cédé au feu de l'amour. Il ne fallut pas
moins que les mains d'Alcioné, qui pref-
foient tendrement les fiennes, pour le
rappeller à la vie. Il ouvrit les yeux.
Quel fpectacle! L'idole de fon amour
allarmé de fon état, & lui répétant les
affûrances de fon bonheur! Il faudroit
avoir brûlé à cet excès, pour juger de
ce tableau.

Ma chere Alcioné, puifque ce titre
m'eft permis par vous même, lui dit cet
Amant d'une voix étouffée par le plaifir,

connoiffez ce qui fe paffe en moi par les
effets que vous en avez vus ! Cette révolution de tous mes fens, parle mieux
pour mon cœur que ma bouche, qui en
fut toujours l'interprete fidele. Je vous
adore, vous devenez mon unique Divinité. C'eft-là ce que je fens de moins
pour vous, & ce que je peux feulement
vous dire. C'eft-là ce que je vous répé-
terai mille fois, & ce que je vous prou-
verai tant que mes jours feront prolongés.

Zélonide, c'eft le nom de la confi-
dente d'Alcioné, & Charés étoient témoins de cette fcène d'attendriffement
& de bonheur ; ils fe fentoient heureux
par celui de ces Amans. Alcimédon fe
jetta dans les bras du Vieillard, & lui
exprima fa reconnoiffance par fes em-
braffemens, & par des larmes de joye. Il
devoit trop auffi à Zélonide pour oublier
un tel bienfait. Que de chofes fenties &
fenfibles il lui dit ! Mais toutes fe rap-

portoient au prix qu'il avoit obtenu par ses conseils ; & Zélonide n'en fut point offensée. Elle aimoit trop Alcioné, pour vouloir lui ravir les mouvemens même de la reconnoissance dans un instant si doux.

Pour que ces Amans y missent un sceau qui rendit à jamais durable & précieuse l'union qu'ils venoient de former, Charés & Zélonide sortirent de la grotte : l'amour seul y resta avec eux, non pour animer leurs transports, ils étoient au-dessus de ses feux, mais pour en fermer l'entrée au reste des humains.

C'est ici que le voile de Timante m'est encore plus nécessaire qu'il ne le fut à ce Peintre, quand il se trouva dans l'impuissance d'exprimer la violence de la douleur excessive d'Agamemnon. L'yvresse du cœur, le comble de la félicité, le sein des délices sont encore plus au-dessus de l'art & du pinceau. Je me tais, & je laisse sentir.

Cependant Zélonide qui fuivoit Charés avoit cru reprendre avec lui le chemin de fa maifon. Mais ce tendre Vieillard, toujours entraîné par le fouvenir
de fon Aglatide, la conduifit aux pieds
de fa Statue. A cette vûe fes larmes cou-
lerent à l'ordinaire, fes bras s'ouvrirent,
& ferrerent étroitement cette froide image de fon Amante.

Source jadis de mon bonheur, lui dit-
il, tu le rendis égal à celui de ces Amans
qui oublient à préfent l'Univers, & peut-
être même leur propre exiftence. De ce
moment ils commencent à vivre, & j'ai
vêcu. Jufqu'à quand, chere Aglatide,
prolongeras-tu mon exil ! N'es-tu pas
encore fatisfaite des preuves de conftance
que je t'ai données depuis notre horrible
féparation ? Il eft tems de nous réunir.
Je viens de procurer à ma Patrie un Citoyen vertueux qui fuivra l'exemple de
mon amour. L'union des cœurs que j'ai

vu former, comble le mien d'une joye pure, mais elle y réveille celle qui l'enyvra. J'ai légué à Alcimédon & à Alcioné, qui te fut chere, tout ce que je tiens des mains de la fortune. Quels héritiers plus dignes de toi & de moi pouvois-je choisir de ce que tu m'as laissé & de ce que je désire de quitter ? Que ce soit le dernier hommage que je rendrai à ta cendre ! Aglatide, chere Aglatide, entends mes soupirs, & remplis mes vœux. Que mon ame, qui m'échappe pour voler sur ces levres dont la pâleur me rappelle le coup fatal qui nous sépara, fatiguée de sa prison détruite, s'exhale dans le sein des airs, pour aller se renouveller dans le tien.

En achevant ces mots, Charés embrassa encore plus fortement l'ombre de son Aglatide : & bientôt il parut aux yeux de Zélonide n'être devenu lui-même qu'une Statue. Le mouvement & la voix se per-

dirent enfemble. Zélonide approcha, &
Charés ne vivoit plus.

Aux cris perçans que ce fpectacle dou‑
loureux & touchant lui fit pouffer, Al‑
cioné & Alcimédon eurent la vertu de
s'arracher des bras de l'amour, pour vo‑
ler au fecours de l'amitié. Quelle image
pour des cœurs auffi tendres ! Quel paf‑
fage rapide des fenfations les plus déli‑
cieufes, aux regrets les plus juftes ! Al‑
cimédon inconfolable, fe jetta fur les
reftes inanimés de fon ami. Il l'arrofa de
fes larmes, il en fit couler un torrent des
yeux d'Alcioné & de Zélonide, par les
chofes attendriffantes que fa vive douleur
lui infpira. Alcioné fentit qu'il lui en
devenoit plus cher. Elle ne pouvoit faire
une épreuve nouvelle des qualités ver‑
tueufes de fon ame, qu'elle ne lui four‑
nit un nouveau motif de s'applaudir de
fon choix. Mais craignant enfin que la
violence de l'affliction de fon Amant ne

devint funeste à sa santé, elle se servit de son pouvoir pour l'entraîner loin de l'objet qui la causoit. Malgré la vûe d'Alcioné, & tout brûlant encore de ses caresses, il crut que son ame s'arrachoit de son sein, en s'éloignant du malheureux Charés.

C'est à lui que je vous dois, divine Alcioné, lui disoit-il; ne condamnez pas l'état où sa perte me réduit. Je lui dois plus qu'aux Dieux. Qu'auroient-ils pu donner au mortel qu'ils eussent voulu combler de leurs bienfaits, si ce n'eût été vous? Il n'y a qu'une Alcioné dans l'Univers, & je la tiens de Charés. En disant ces mots, il fondoit en larmes; & soutenu par sa Maîtresse & par Zelonide, il arriva avec peine chez cet ami qui lui coûtoit des regrets si justement mérités. La vûe de sa maison les redoubla encore, & quand on lui présenta le don de tous ses biens que ce généreux

Vieillard avoit écrit le matin même en sa faveur, il n'en sentit le prix que par un nouveau déchirement de son ame.

Quelle Maîtresse sous un autre climat eût pardonné à son Amant une douleur si démesurée pour un ami, sur-tout en sortant de ses bras pour la premiere fois? Les femmes auront peine à le croire : cependant Alcioné fut enchantée de celle d'Alcimédon. Tous deux à l'envi s'empresserent à rendre à Charés les derniers devoirs de l'amitié, & à remplir ses volontés. Ils mêlerent ses cendres à celles d'Aglatide, & consacrerent à la fidélité le lieu qui renfermoit leur tombeau commun.

Sophronie, Pulchérie, & leurs Amans instruits par Zélonide du bonheur & de la douleur d'Alcioné & d'Alcimédon, vinrent pour partager l'un & l'autre avec eux. Alcimédon apprit de Zénoclés que les compagnons de son naufrage qui

avoient pu s'en échapper, après avoir
fait des efforts inutiles pour fauver les
débris de leur fortune, étoient arrivés
ce matin même fur la place principale de
la Ville ; & que le premier mouvement
des habitans avoit été de les fecourir
& de les retirer chez eux ; mais qu'ils
avoient trouvé dans ces Etrangers tant
d'inconféquences, de légereté, d'étour-
derie, de familiarité avec les femmes
qu'ils vouloient honorer de leurs careffes, & d'arrogance avec les hommes,
qu'ils fembloient déjà menacer, en fe
prévalant de ces armes meurtrieres qui
font toujours prêtes à verfer le fang dans
le fein même de la Société, que fur leur
raport, la Police avoit jugé néceffaire,
pour éviter le trouble que ces nouveaux
hôtes pourroient caufer, & plus encore
pour fe garantir de la contagion de leurs
mœurs, de les pourvoir de toutes les
chofes qui leur manquoient, & de tirer
du

du port un vaisseau léger qui put les porter dans cette même Isle d'où fondirent
àutrefois fur celle d'un Peuple , auffi
doux qu'heureux , les barbares que la valeur de Zénoclés repouffa.

Elle s'eft ainfi peuplée de nos rebuts ,
ajouta-t'il. Notre force ne confifte pas
dans le nombre , mais dans la vertu des
Citoyens ; & nous donnons ce titte à
tous ceux de l'Univers qui nous paroif-
fent le mériter. Nous confervons les hommes tels que vous , que le fort y conduit ,
pourfuivit-il , & nous renvoyons à nos
ennemis ceux qui font indignes de vivre
parmi nous. Vous avez été le feul dans
cette occafion digne d'être adopté avec
gloire & avec avantage pour ce pays ; &
& dans plufieurs naufrages nous n'en
trouvons fouvent pas un que nous puif-
fions garder avec indulgence. Ces voifins dont je vous parle , continua-t'il ,
fervent donc à nous purger des Etrangers

M

vicieux que le hazard nous amene. L'humanité nous défendroit de les détruire, tandis qu'une fage politique nous interdiroit le danger de les recevoir. Ce feroit une extrémité fâcheufe dont nos ennemis nous débarraffent. Ils nous font encore utiles d'une autre maniere, pour la confervation de la pureté de nos mœurs. S'il étoit poffible que l'air de cette Ifle fe corrompit par quelque maligne influence, au point de faire commettre un crime à un Citoyen, quelque grand qu'il fût, les Loix n'ont point trouvé de peine plus rigoureufe, que celle de l'exil du coupable dans cette Ifle, où regnent les vices & les paffions criminelles. Rendu à lui-même, à fes premiers fentimens, concevez quel fupplice il fouffriroit! Nous n'avons heureufement point encore eu d'exemple de ce châtiment.

Il eft moins que jamais à redouter que l'occafion de l'employer fe préfente, ré-

pondit Alcimédon : j'ai reçu affez d'inf-
truétions du fage Charés , pour fçavoir
que fi vos Concitoyens euffent été fuf-
ceptibles de corruption , les aétions &
les écrits de Zénoclés & d'Arifton les en
euffent encore mieux préfervés que la
crainte de l'exil. Si Zénoclés eft le Héros
de fa Patrie , pourfuivit il , en s'adreffant à Arifton , vous en êtes le Légifla-
teur par vos fublimes écrits : je brûle
d'impatience de les lire ; & c'eft à vous-
même , Seigneur , que je m'adreffe ,
pour vous prier de me les confier.

On vous les a trop exagérés , répliqua modeftement Arifton ; mais s'ils ob
tiennent le fuffrage d'un Juge éclairé &
philofophe , je les croirai bons à mon
tour. Y verrai-je , reprit Alcimédon , les
Tables de vos Loix? Parlez-vous de votre Culte, de votre Jurifprudence, des
Mariages ? Pas un mot de tout cela , répondit Arifton. Vous avez pu remarquer

M ij

que nous n'avons point ici de Temples.
Celui que l'on éleve à la Divinité eſt
dans le cœur. Nous n'avons point non
plus de Juriſprudence pour régler des
droits contentieux , parce que tout le
monde étant juſte, perſonne n'a de pro-
cès. Quant aux Mariages nous ne leur
connoiſſons point d'autres nœuds que
ceux que vous avez formé ce matin avec
la belle Alcioné. Croyez-vous qu'elle ait
jamais beſoin de recourir à un acte au-
thentique du don de votre cœur ? ou s'il
pouvoit arriver que vous le retiraſſiez ,
croyez-vous qu'elle ſe ſouciât de votre
main ? Nous n'avons point de Miniſtres
qui reçoivent nos ſermens , ni de No-
taires qui les écrivent. Nous les faiſons
à l'objet de nos vœux , & ils ſont ſacrés.

Ah ! Seigneur, pardonnez , s'écria Alcimédon tout confus , pardonnez aux
notions communes qui m'ont captivé
pendant quarante ans, Je me croyois phi-

lofophe ; je ne fuis encore que l'ef-
clave des préjugés de mon éducation.
Ma vie ne fera point affez longue pour
adorer Alcioné, & pour admirer la pureté de la nature naiffante, confervée
dans cet afyle inviolable. Tous les jours
augmenteront ma furprife, mon inftruc-
tion & ma félicité. J'avois des Livres que
je croyois excellens, des Manufcrits que
l'amour propre me faifoit conferver avec
complaifance, je les ai perdus dans mon
naufrage ; & tandis que je les regrettois
comme un bien réel, je ne perdois en
effet que la fource ou le dépôt de mes
erreurs. Alcioné fera à jamais ma Divinité, fes Sœurs charmantes & leurs Amans
ma fociété, & les Ouvrages d'Arifton mes
feuls Livres.

Leur converfation fut interrompue par
l'arrivée de Cofroës que l'on annonça.
Son nom fit regner un filence profond.
Cet Amant malheureux parut. Alcimédon

ne put se défendre d'un premier mouvement involontaire de jaloufie, en le
voyant beau encore comme Narciffe,
quoiqu'une langueur différente l'eût def-
féché plus que lui. Mais le fecond fentiment fut d'admiration pour Alcioné, que
les charmes de la figure n'avoient pu fé-
duire. Cofroës s'approcha d'elle, & d'une
voix affoiblie par le défefpoir, il la féli-
cita fur fon union, dont il étoit déjà inftruit, avec un Etranger digne par fes
vertus & fes infortunes d'intéreffer fon
cœur. Il eut le courage de proférer ces
mots : je me fais juftice, Madame, fur
ce que j'en ai oui dire. Il vous méritoit
mieux que moi ; & je fens que votre
félicité adoucit mes peines. Alcioné fut
fenfible à cette démarche généreufe. Alcimédon lui montra des défirs finceres
de mériter fon amitié, après avoir obtenu fon eftime ; & il étoit aifé de lire
dans les yeux de Zélonide qu'elle lui of-

froit une confolatrice. Cette fille charmante, qui n'avoit point encore quitté
Alcioné, avoit fenti un intérêt pour les
maux de cet infortuné, dont la vivacité
étoit trop grande pour n'être que de la
pitié. Ma chere Zélonide, lui dit Alcioné
d'un air enchanteur, je vous confie Cofroës. Ses fentimens éprouvés méritent
que vous faffiez moins d'attention à fa
jeuneffe qu'à celle de tout autre. Par amitié pour moi, abrégez la durée de fes
épreuves, & mettez-le en état de me
revoir. Zélonide rougit & fourit. Serois-
je digne qu'elle daignât en prendre la
peine, répondit Cofroës embarraffé? Un
cœur qui a brulé pour une autre . . . . .
adorera de même Zélonide, interrompit Alcioné; c'eft une autre moi-même.

En effet quelques années après ces deux
Amans furent auffi charmés l'un de l'autre, que ceux qui leur avoient donné
l'exemple & le confeil de s'aimer, l'é-
toient de leur choix.

Ici finiffent les Mémoires de l'Hiftorien d'Alcimédon. Il affure que l'on fçait
le refte de fes avantures, quand on eft
inftruit du bonheur qu'il goûta dans la
poffeffion d'Alcioné ; parce que les jours
qui fuivirent celui qui le mit dans fes
bras, furent tellement marqués & comp-
tés par les mêmes délices & la même
félicité, qu'ils fe reffemblerent tous.

F I N.